© 김시몽

정대건

2020년 한경신춘문예에 장편소설 『GV 빌런 고태경』이 당선되며 작품
활동을 시작했다. 펴낸 책으로 소설 『GV 빌런 고태경』 『아이 틴더 유』
『부오니시모, 나폴리』와 에세이 『나의 파란, 나폴리』가 있다.

급류

급류

오늘의 젊은 작가 40

정대건
장편소설

민음사

차 례

1부

1

2006년

불안한 예감은 결국 현실로 닥쳐왔다.

진평강 하류에 떠내려온 두 사람의 시신을 처음 발견하고 신고한 건 여름 보충수업에 등교 중이던 진평고 학생들이었다. 두 남녀의 시신은 엉켜 있어 끌어안고 있는 듯 보였고 사체를 뜯어먹는 다슬기가 얼굴을 뒤덮고 있었다. 8월 초 무더운 여름날 높은 수온으로 부패가 빠르게 진행된 상태였다. 남자는 진평 소방서 구조대 반장 최창석이었고 여자는 작년에 진평으로 이사 와 미용실을 운영하던 전미영이었다.

마을에는 어째서 다른 집인 도담이네 아빠 최창석과 해솔이네 엄마 전미영의 시신이 함께 떠오른 것인지에 대한 추문이 돌았다. 블륜이라는 밀이 제일 먼저 돌았고 그 뒤에 치정이라는 단어가 붙었다. 창석은 UDT 특수부대 출신으로 수영에 일가견이 있어 진평 물개라고 불렸기에 의혹이 더 커졌다. 경찰은 모든 가능성을 열어 두고 수사하겠다고 말했다. 조용하던 진평이 시끌시끌했다.

동반 자살인 거야? 모르지. 발견됐을 때 실오라기 하나 걸치지 않고 있었대. 그럼 그거 하다가 죽었다는 거야? 둘이 좋아서 했는지는 모를 일이지. 도담 아빠가 몹쓸 짓을 하려다 그런 거면 사건인 거고 둘이 눈이 맞아 그런 거면 사고인 거지.

확실하지 않은 말들이 돌았다. 마을의 모두가 수사관이 됐고 모두가 작가가 됐다. 오락거리가 없는 마을 사람들에게는 흥미진진한 안줏거리였다. 죽은 자는 말이 없었다.

도담은 어린 시절부터 늘 아빠가 사고로 죽으리라는 불안을 품고 있었다. 아빠는 사고 현장이라면 물이든 불이든 가리지 않고 제일 먼저 위험에 뛰어드는 소방관이었기에 어린 도담이 그런 생각을 품고 자란 것도 이상한 일은 아니었다.

창석은 마을 사람들에게 존경받는 17년 차 베테랑 소방관이었다. 뉴스에 보도되는 큰 재난 현장들을 누볐고 사람을 구했다고 여러 번 표창을 받기도 했다. 아빠가 사람을 구하는 소방관이라는 것을 생각하면 도담은 자랑스러운 마음이 차올랐다. 창석은 마을에서 존경받는 소방관인 동시에 가족에게도 살뜰하고 비번일 때 사랑하는 딸과 시간을 보내기 위해 노력하는 좋은 아빠였다.

소방관 순직 사고가 있을 때마다 뉴스에서 오열하는 유족들의 모습을 보면서 도담은 그게 꼭 자신에게 일어날 일인 것만 같아 두려웠다. 그럴 때마다 죄책감을 느끼면서도, 불쑥 들이닥치는 생각을 멈출 수 없었다. 언젠가 우리 가족에게도 불길한 전화가 걸려 올 것 같다는 불안한 생각. 아빠의 죽음이라는 공포는 오래도록 도담을 괴롭혔다. 그건 일종의 저주와 같았다.

그리고 결국 아빠가 죽었다. 도담의 상상과 악몽 속에서 창석은 온갖 사고로 죽었지만 이런 형태이리라고는 추호도 생각하지 못했다. 가족의 자랑이었고 사랑하는 다이빙 버디였고 마지막 날에는 누구보다도 미워했던 아빠.

도담이 이런 비밀을 공유한 사람은 세상에 이해솔 한 명뿐이었다. 해솔은 도담이 열일곱이던 여름 진평에 왔다.

2

1년 전, 2005년

산과 계곡으로 둘러싸인 진평에는 물이 맑고 폭이 넓기로 유명한 진평강이 흐르고 있다. 수상 레포츠, 계곡, 펜션, 대학생 엠티 촌으로 유명한 진평은 여름 피서철이 되면 관광객들로 붐볐다. 진평에는 죽음이 흔했다. 해마다 물놀이 사고가 났고 그때마다 여덟아홉 명 정도가 익사하곤 했다. 사고의 희생자들은 거의 외지인이었다. 마을에서는 물귀신이 올해는 몇 명을 잡아가려나, 하는 말을 주고받았고 피서철이 시작될 무렵에는 마을 어른들이 무당을 불러다 굿을 하기도 했다.

소방 학교에서 수상 구조 교관으로도 근무했던 창석은 수영이라면 따라올 사람이 없었다. 그는 도담에게 물에 뜨는 법과 잠수하는 법을 둘 다 가르쳐 줬다. 상승과 하강, 침잠과 부상. 아직 부력의 개념을 잘 이해하지 못하던 도담은 부력이 있으면 다 물에 떠야 하는 거 아니냐고, 왜 가라앉는 거냐고 창석에게 물었다. 부력에는 가만히 있으면 뜨려고 하는 성질의 양성 부력, 밑으로 가라앉는 음성 부력이 있다고 설명하면서 창석은 뜨지도 가라앉지도 않는 상태인 중성 부력이 스쿠버 다이빙의 기본이라고 했다.

"중성 부력에서는 무중력 상태처럼 자유롭지. 아빠는 도담이가 중성 부력에서처럼 평온하고 자유롭게 살면 좋겠다."

물에 들어가는 걸 좋아하는 창석은 고성, 울진, 제주, 전국으로 도담을 데리고 다니며 스쿠버 다이빙을 즐겼다. 처음에 도담은 시커먼 물 아래로 내려가는 게 두려웠다. 하지만 듬직한 다이빙 버디인 창석을 믿고 물에 들어가 공포를 이겨 내자 어느새 물속에서 편안함과 자유로움을 느꼈다. 물고기들과 함께 산호 사이를 헤엄치는 건 흥분되는 일이었고, 중성 부력 상태로 유영하는 바닷속은 중력이 없는 푸른 우주처럼 신비로웠다. 마침내 중성 부력을 몸소 체험했을 때, 도담은 자유롭게 살라는 아빠의 마음이 무엇이었는지 알 수 있었다.

도담은 무뚝뚝한 편인 엄마 정미보다 서글서글한 창석과 더 친했다. 도담의 친구들은 창석과 도담의 절친한 사이를 신기해했다. 사춘기 때부터 아빠와 멀어진 애들도 있었지만, 도담은 그렇지 않았다. 도담이 초등학생이던 어느 날, 창석의 동료가 순직했다는 소식을 들었다. 엄마 아빠가 부둥켜안고 우는 모습에 놀란 도담은 그 사이에 안겨서 같이 울었다. 아빠가 언제든 죽을지도 모른다는 생각이 도담으로 하여금 아빠를 더 사랑하게 만드는 것 같기도 했다.

열일곱인 도담이 고등학교에 들어가 처음 맞이한 여름방학, 정미가 아픈 뒤로 창석과 도담의 얼굴에는 그늘이 져 있었다. 보름 전, 동네 마트에서 일하던 정미는 앓고 있던 폐렴이 심해져 입원을 하게 됐다. 금방이라도 피를 토할 듯 불길한 음색의 기침이 영원히 멈추지 않을 것처럼 이어졌다. 원래 기관지가 약하긴 했지만 건강하던 정미가 갑자기 병치레를 하자 주변에서는 딱하다고들 혀를 찼다.

그날 도담은 진평강에서 창석에게 수영을 배우고 있었다. 도담이 먼저 창석에게 수영하러 가자고 졸랐다. 우울해 보이는 창석의 기분 전환을 위해서였다. 지나가던 마을 사람들이 부녀를 보고 또 수영 강습을 하냐며 알은체를 했다. 수영복을 입은 도담은 구경거리가 된 것 같아 신경이 쓰였다. 익숙한 얼굴들을 뒤로하고 다른 쪽을 보았다. 도담은 외지인을 금세 알아볼 수 있었다. 진평에 와서 술에 취하고 와자지껄 노래하고 싸우고 토하고 다시 일상으로 돌아가는 사람들. 그런 그들을 관찰하는 것이 단조로운 이곳에서 도담이 찾은 유희 거리였다.

도담은 한 소년과 자꾸만 눈이 마주쳤다. 진평강에 열을 식히러 온 사람들 사이에서 한눈에 도담의 눈길을 끄는 소년이 있었다. 낯선 얼굴. 하얀 피부에 잡티도 없이 매끈한 몸. 세상의 모든 것에 호기심을 품은 듯한 크고 맑은 눈동자. 도담은 소년을 빤히 바라봤다. 시선을 느꼈는지 소년도 도담을 물끄러미 건너다봤다. 무안해진 도담은 뭘 보냐는 듯 눈썹을 치켜올렸다. 눈싸움에서 진 소년은 도망치듯 물로 들어가 버렸다.

소년이 헤엄치기 시작했다. 도담의 기대와 달리 소년은 물보라만 요란하게 일으키고 서툴게 물장구치며 앞으로 나아가지 못했다. 비주얼이 아까울 정도였다. 어설픈 수영 실력에 실망하고 관심을 거두려는 즈음 갑자기 소년이 두 팔을 허우적거리기 시작했다. 그 모습을 주시하고 있는 건 도담뿐이었다. 몸부림치는 소년의 절박한 눈과 도담의 눈이 마주쳤다.

"아빠!"

도담은 뭍에 있는 창석을 다급히 부른 뒤 소년을 향해 빠르게 헤엄쳐 갔다.

유속이 거의 느껴지지 않는데도 물살을 거슬러 소년이 있는 곳까지 헤엄치기란 쉽지 않았다. 힘겹게 도착한 도담이 가라앉고 있는 소년에게 손을 뻗었다. 그러자 소년은 눈도 못 뜬 채 필사적으로 도담에게 매달렸다. 소년이 어떻게든 떠오르려고 몸부림치며 도담의 머리를 물속으로 찍어 누르는 모양이 됐다. 수영에는 자신 있었지만 물속에 처박혀 계속 물을 먹자 도담은 공포에 사로잡혔다. 둘은 함께 물 아래로 가라앉았다. 이렇게 어이없게 죽는 건가. 도담의 머릿속에 그간 봐 왔던 물놀이 사고 뉴스들이 스쳐 갔다.

그때 도담은 빠르게 물을 가르며 다가오는 창석을 봤다. 아, 이제 살았다. 그 짧은 순간에 안도감이 들었다. 창석은 몸부림치는 소년의 뒤로 가 도담에게서 떼어 낸 후 한 팔에 소년을 끼우고 한 팔로 능숙하게 헤엄쳤다. 소년이 떨어지고 자유로워진 도담은 빛이 일렁이는 수면을 향해 헤엄쳐 올라올 수 있었다.

뭍으로 나온 뒤 도담은 기진맥진해 물을 뱉어 냈다. 정신을 차리지 못하던 소년 역시 콜록대며 먹은 물을 토해 냈다. 웅성거리며 구경하던 사람들이 박수를 쳤다.

"물에 빠진 사람 구해 주려고 함부로 뛰어들지 마라. 같이 빠지는 수가 있어."

창석이 가쁜 숨을 쉬고 있는 도담에게 주의를 줬다. 자기 딸도 죽을 뻔했는데, 창석은 방금 일어난 일을 가르침을 줄 좋은 케이스 정도로 여기는 듯했다.

"남을 돕지 말라는 게 아니라, 과신하지 말고 조심하라는 거야."

창석은 물에 빠진 사람에게는 직접 뛰어들지 말고 부력이 있는 도구를 던져 주어야 한다며 다리 옆에 있는 구명환을 가리켰다. 도담도 이미 알고 있는 기본 상식이었다. 더군다나 성인이 되면 수상 구조사 자격증을 따려고 결심했던 터라 더욱 창피했다. 그러나 소년의 그 절박한 눈과 마주쳤을 때, 도담은 상식도 침착함도 잃고 말았다.

"해솔아!"

소년의 엄마가 비명을 지르며 달려왔다.

"원장님 아들이었어요?"

그녀를 알아본 창석이 물었다. 얼마 전 진평에 이사 와 '소라 헤어'를 열고 떡을 돌린 미영이었다. 저 애가 서울에서 온 그 애였구나. 도담은 생각했다. 40대 초반인 미영은 소문대로 고등학생 아들을 두었다는 게 믿기지 않을 만큼 젊어 보였다. 결혼 후 몇 년만에 교통사고로 남편을 떠나보내고 미영 혼자서 어린 아들을 키웠다고, 아들이 똘똘하니 서울에서 공부도 잘했고 아주 효자라고. 그렇게 어른들이 하는 말을 아이들도 다 들을 정도로 진평은 작은 마을이었다.

"고맙습니다. 정말 고맙습니다."

미영이 창석의 손을 붙들고 연신 고개 숙였다.

"사람 구하는 게 제 일인데요, 뭐."

창석이 대수롭지 않게 말했다. 하마터면 아들을 잃을 뻔했다는 사실에 놀란 가슴이 진정되지 않는지 얼굴이 벌게진 미영은 좀처럼 눈물을 그치지 못했다. "고맙다. 얘야, 정말 고마워."라며 도담에게도 꾸벅 고개를 숙였다.

도담은 물에 젖어 덜덜 떨고 있는 해솔을 바라봤다. 머리칼이 젖은 해솔의 옆얼굴이 유난히 창백했다. 가쁜 숨을 몰아쉬는 해솔의 하얀 가슴팍이 오르락내리락했다. 도담은 벅차게 심장이 두근거리는 걸 느꼈다. 처음으로 누군가를 구했다는 사실 때문인지 해솔에게 반해서인지 구분할 수 없었다.

그 일은 마을에 금세 소문이 났다. 마을 어른들은 도담에게 여자애가 겁도 없이 사람을 구하려고 물에 뛰어들었다며 대단하다고, 역시 그 아빠에 그 딸이라며 칭찬했다. 반대로 해솔을 볼 때면 진평에 오자마자 액땜을 제대로 했다며 죽다 살아난 기분이 어떠냐고 한마디씩 했다.

이틀 뒤 도담네 집 현관 앞은 맛있는 냄새로 가득했다. 미영이 돼지고기 수육이며 김치전이며 직접 만든 음식을 잔뜩 싸 들고 해솔과 함께 감사 인사를 왔다. 많은 양의 음식을 두고 창석은 두 사람도 같이 식사하고 가라고 권했다. 두 사람이 조금 쑥스러운 듯, 그러나 창석의 환영이 기쁜 듯 쭈뼛쭈

뼛 자리에 앉자 창석은 좋은 안주에 술이 빠질 수 있냐며 아끼던 담금주를 내왔다. 해솔과 도담은 그 옆에서 콜라를 마셨다.

"최 반장님은 우리 해솔이만 구한 게 아니라 두 명의 은인이세요. 저는 정말 해솔이 없으면 못 살아요."

미영이 특유의 다정한 말씨로 다시 감사 인사를 했다.

"은인이 아니라 인연이죠. 도담이가 비번 날 수영하러 가자고 안 했으면 해솔인 영락없이 물귀신 됐을 거예요."

창석이 불길한 말을 서슴없이 했다. 도담은 사려 깊지 못한 창석에게 눈치를 주려고 돌아봤다가 놀랐다. 잇몸이 드러날 정도로 환하게 웃는 창석의 얼굴은 정말 오랜만이었다. 그래, 아빠는 앞니가 저렇게나 벌어진 사람이었지. 정미의 입원 후 창석의 얼굴에 드리워 있던 그늘이 잠시 걷혔다.

미영은 집도 가까우니 학교에 같이 다니면 되겠다며 도담에게 해솔을 잘 부탁한다고 했고 창석도 잘 챙겨 주라며 거들었다.

"해솔이 네가 공부를 그렇게 잘한다면서? 도담이 수학 과외 좀 해 줘라. 우리 애가 수학은 영……."

"아빠!"

"아들, 도담이가 생명의 은인인 거 알지? 앞으로 도담이한테 잘해."

술이 떨어지자 창석은 도담에게 막걸리 심부름을 시켰다. 해솔이 함께 가겠다고 따라나섰다. 집을 나서서 마을 초입의 슈퍼까지 둘은 한동안 말없이 걸었다.

"고마워. 그리고 미안."

해솔이 도담에게 수줍게 건넨 첫마디였다. 해솔의 목소리는 또랑또랑하고 맑았다.

"너 때문에 아무 미니 니 뻘힐 뻔했다."

도담이 해솔을 바라보며 말했다. 하마터면 나도 너랑 같이 죽을 뻔했어, 라는 말은 삼켰다. 한참을 또 말없이 걷던 해솔이 머뭇거리며 말했다.

"공부…… 정말 필요하면 내가 도와줄 수 있어."

도담은 해솔의 눈을 똑바로 바라봤다.

"너 공부 그렇게 잘해?"

"반에서 1등 정도는 했어."

"와, 완전 범생이네. 근데 진평엔 왜 온 거야. 서울에서 사고라도 쳤어?"

비리비리해 보이는 해솔이 딱히 사고를 쳤을 것 같지는 않았다.

"그런 거 아니야. 엄마가 시골 생활 해 보고 싶다고 했어."

도담은 그 말이 단번에 믿기지 않았다. 이제 고등학생인 아들이 있는데 입시 때문에라도 서울에 살려고들 하지 않나?

도담은 해솔을 힐끔대며 어색하게 걷다가 분위기를 바꿔 보려 말을 걸었다.

"너 우리 아빠 별명이 뭔 줄 아냐."

"알아. 진평 물개."

아는구나. 뭐야, 재미없게. 대화는 자꾸만 끊어졌고 다시 어색함이 흘렀다. 한참을 걷다가 해솔이 입을 열었다.

"근데 너네 아빠 진짜 닮은 거 있어."

"뭐?"

"절에 가면 입구에 있는 무섭게 생긴 수호신인데. 금강역사라고……."

"금강역사?"

도담은 깔깔대며 웃기 시작했다. 우락부락한 근육질에 바위처럼 큰 얼굴, 짧고 굵은 목, 하늘로 치솟은 눈썹을 떠올리니 창석과 너무 닮았기 때문이었다. 해솔은 그와 정반대였다. 마르고 우유처럼 뽀얀 피부에 키가 약간 작고 유약해 보였다.

해솔은 활짝 웃고 있는 도담을 지켜봤다. 도담의 쾌활하고 독특한 웃음소리가 해솔의 마음에 새겨졌다. 기쁨을 전혀 숨기지 않는 구김살 없는 웃음소리. 한껏 존재감을 내뿜는 높고 큰 웃음소리였다. 그 웃음에 전염이 되어서 해솔도 해맑게 웃었다.

"잘 부탁해."라며 해솔이 악수를 청했다. 악수라니, 약간 놀랐지만 도담은 부끄러워하거나 촌스럽게 보이고 싶지 않았다. "아무것도 없는 깡시골에 온 걸 환영해." 도담은 그렇게 말하며 해솔의 손을 잡았다. 그 부드러운 감촉과 따뜻함에 또 한 번 놀랐다.

3

나도 사랑을 하게 될까, 엄마와 아빠처럼?

지금까지 도담은 가슴 두근거리며 누군가를 좋아해 본 경험이 없었다. 왜 나에겐 그런 일이 일어나지 않을까? 세상의 수많은 책과 영화에서 보던 건 다 거짓인 걸까. 내게 뭔가 문제가 있는 것은 아닐까. 오로지 산과 물뿐인 이 갑갑한 시골에선 아무것도 할 수 없을 것 같았고 아무 일도 일어나지 않을 것 같았다. 세상의 흥미로운 일에서 자신만 소외되고 있는 기분이었다.

그런데 해솔이 나타났다. 도담은 해솔과 등하교를 함께하며 매일 붙어 다녔고 진평의 구석구석을 걸으며 쉼 없이 대화를 나눴다. 이상하게 해솔과는 원래부터 알고 지내던 사이처럼 편했고 초등학교 때부터 친구인 희진보다도 대화가 잘 통했다. 나란히 걷다가 가끔 어깨와 팔꿈치가 닿았다. 이렇게 나 함께 보내는 시간이 즐거운데 해솔이 나타나기 이전에는 대체 어떻게 살았는지 모를 정도였다.

여름의 끝자락에는 정미가 퇴원을 했다. 여름에는 일반적으로 폐렴 환자가 줄어든다고 하는데 여름에만 병원에서 보내다니 알 수 없는 일이었다. 정미까지 돌아오자 도담은 모든 게 부족함 없이 있어야 할 제자리에 있는 것 같았다. 더할 나위 없이 행복했다.

도담은 정미와 함께 소라 헤어에 가서 머리를 자르기도 했다. 미영은 반갑게 인사하며 도담이네 가족의 머리를 평생 무료로 잘라 주겠다고 했지만, 빚지는 걸 싫어하는 정미는 억지로 미영에게 돈을 쥐여 줬다. 그러자 미영은 그 돈을 다시 도담에게 쥐여 주며 해솔과 맛있는 걸 사 먹으라고 했다. 도담은 그 돈으로 해솔과 터미널 앞 롯데리아에 가서 팥빙수를 먹었다.

해솔은 학교에서 낯을 가렸고 다른 아이들과 친해지려고 애쓰지 않았다. 점심시간에 다른 남자애들처럼 운동장에서 공을 차지도 않았고 혼자 소설책을 읽거나 공부를 했다. 서울에서 온 범생이. 진평에서는 찾아볼 수 없던 유형이라 별나다는 소리를 들었다. 그러면서도 순하고 잘 웃는 탓에 인기가 있는 편이었다.

　해솔은 생각이 많은 아이였다. 매사에 궁금증을 가지고 조곤조곤 의문문으로 말했다. "잠들 때 그런 걱정 안 해 봤어? 내일의 내가 오늘의 나와 이어지지 않으면 어떡하지? 어떻게 내일 눈을 떴을 때 내 기억이 이어질 거라고 믿을 수 있지?" 해솔은 그런 생각을 품은 뒤 정말로 걱정돼서 내내 잠을 설쳤다고 했다. "그건 왜 그런 걸까?" 하고 해솔이 물으면, 도담은 정말 왜 그런 건지 궁금해졌다. 사람들이 당연하다고 생각하는 세상의 많은 것을 해솔은 당연하게 받아들이지 않았다. 그런 부분에서 도담은 해솔과 잘 맞았고 텔레파시가 통하는 쌍둥이처럼 느껴질 때도 있었다.

　해가 바뀌고 해솔과 도담은 열여덟 살이 되었다. 다시 찾아온 여름에 정미는 또다시 폐렴이 심해져 병원 신세를 지게 됐다. 멎지 않는 기침이 어쩌면 에어컨 탓인 것 같아 아예 에어컨을 켜지 않는데도 그랬다. 두 번째 입원이었다.

　해가 바뀌는 동안 도담과 창석, 해솔과 미영은 차곡차곡 가까워졌다. 어느 날, 창석이 해솔에게 수영을 가르쳐 주겠다는 말에 넷은 진평강에 갔다. 미영은 집에 엄한 사람이 없다며 창석에게 해솔을 엄하게 가르쳐 달라고 했다. 해솔은 창석을 잘 따랐고 창석도 해솔을 잘 챙겼다.

"소방관 아빠를 두면 어떤 기분이야?"

물 만난 물개처럼 수영하고 있는 창석을 보며 해솔이 도담에게 물었다. 방금 강물에서 나온 해솔은 물을 뚝뚝 떨어뜨리며 도담의 옆에 앉았다.

"특별하게 생각하지 마. 다 똑같아."

도담은 무심결에 그렇게 말하고 해솔에게는 그 똑같은 아빠조차 없나는 게 생각나 미안해졌다.

"아빠가 없는 건 어떤 기분인데?"

도담이 묻자 해솔은 젖은 머리칼을 털며 잠시 생각에 잠겼다. 도담은 생각에 잠긴 해솔의 옆얼굴을 바라보는 게 좋았다. 오늘따라 오뚝한 콧날이 두드러져 보였다.

"별로 슬프거나 하진 않아. 애초에 없었으니까 그립지도 않고. 그저 남들은 모두 알고 있는 세상 사는 매뉴얼 같은 걸 나만 모르는 건 아닌가 싶은 기분이야."

도담은 말하고 있는 해솔의 입술을 바라봤다. 한번 입을 맞춰 보고 싶었다. 그 느낌을 상상하며 자신의 손등에 입술을 대고 연습을 해 보기도 했었다.

"그래서 영화도 소설도 많이 보는 거야. 아빠들은 대체 무슨 말을 하는지 알고 싶어서."

해솔이 가지런한 이를 자랑하듯 환하게 웃었다. 사진으로 찍어 두고두고 보고 싶을 만큼 예쁜 미소였다.

"그게 도움이 돼?"

"응, 이야기 속 아빠들은 대부분 무책임하고 개차반에 형편없어서 위안이 돼."

해솔이 키득거리며 웃었다.

"그런데 너희 아빠는 멋있는 분 같아. 좀 질투 나."

"……내가 생각해도 좀 멋있긴 해. 사람을 구하는 건, 언제나 옳은 일이잖아."

도담은 자랑을 해 버린 건가 싶어 마음이 조금 불편했다. 그때 창석이 이제 그만 쉬고 물에 들어오라며 해솔을 불렀다. 벌떡 일어나 신나서 뛰어가는 해솔을 보며 도담은 생각했다. 어쩌면 해솔은 내가 아니라 아빠에게 더 관심이 있는 건지도 몰라.

한참 뒤, 도담이 미영과 나란히 앉아 해솔이 수영을 배우는 모습을 지켜보고 있는데, 외지인으로 보이는 중년 여성이 다가와 넉살 좋게 참견을 했다.

"애, 엄마랑 너는 왜 물에 안 들어가니, 수영할 줄 몰라?"

도담은 뚱하니 그녀를 쳐다보다가 "우리 엄마 아닌데요."라고 퉁명스레 대답했다. 미영도 아니라고 손사래 치며 웃었다.

"어머, 그래? 둘이 눈매가 닮았는데."

그 말에 도담은 대답하지 않고 벌떡 일어나 강물로 뛰어들어가며 속으로 내뱉었다. 재수 없어. 자유형을 하며 물속에 고개를 파묻었다. 모르는 사람이 봤다면 퍽 보기 좋은 남편과 아내, 아들과 딸로 구성된 가족처럼 보였으리라. 도담은 병원에 있는 엄마 생각이 났고 왠지 미안한 마음이 차올랐다. 팔을 내저으며 고개를 수면 위로 내밀었을 때 미영 쪽을 흘긋 돌아봤다. 미영은 수영 강습 중인 해솔과 창석을 흐뭇한 눈으로 보고 있었다.

솜 선에 들은 예지의 말이 계속 남아 도담을 불쾌하게 했다. 물속으로 고개를 파묻고 팔을 힘차게 내저었다. 그렇게 해서 그 기분 나쁜 말을 흩트릴 수 있을 것처럼. 호흡을 위해 고개를 내밀 때 이번에는 창석과 해솔을 봤다. 두 사람 다 몹시 신나 보였다.

다시 고개를 물속에 넣고 헤엄치면서, 도담은 앞으로 이 넷이 조합인 만남은 하지 않겠다고 다짐했다.

4

계곡에는 물 흐르는 소리가 가득했다. 서로 경쟁하듯 울어 대는 매미 울음소리도 계곡물 흐르는 소리에 묻혔다. 어제 내린 비 때문인지 계곡물이 맑고 높게 차올라 있었다. 비 온 뒤 맑게 갠 하늘에는 그림처럼 뭉게구름이 피어 있었다. 이번 여름은 날씨 변덕이 유독 심해 종잡을 수가 없었다.

도담은 앞서 걷고 있는 희진 몰래 해솔의 손을 간질이고 만지작거렸다. 해솔의 손바닥은 굳은살이라고는 조금도 찾아볼 수 없는 아기 피부 같았다. 어쩜 그렇게 부드러운지 만지고 있는데도 손만 떼서 주머니에 넣고 다니면서 계속 만지고 싶었다.

"아, 쪄 죽겠다. 얼마나 더 가야 해. 아직 멀었어?" 하고 희진이 보챘다. 도담은 "그래도 계곡 오니까 시원하잖아."라며 잡았던 해솔의 손을 놓았다. 도담, 해솔, 희진 셋이 함께 칠성 폭포에 가기로 한 날이었다. 폭포 소리가 일곱 개라 칠성이라고도 하고 폭포 주변에 소나무가 일곱 그루라 칠송이라고도 했다. 산속 깊숙한 곳에 위치하고 외지인에게 잘 알려지지 않아 여름에도 사람이 바글거리지 않는 최고의 놀이터였다.

늘 붙어 다니는 해솔과 도담에게 사람들이 너네 사귀지, 하고 물을 때마다 도담은 딱 잘라 아니라고 말했다. 엄마 아빠가 연애를 못 하게 할 정도로 고지식한 사람들은 아니지만, 이제 곧 고3이라는 둥 한마디라도 참견하고 듣기 싫은 소리를 할 게 뻔했다. 옆집이 손가락 하나 까딱하는 것까지 훈수를 두는 작은 마을의 괜한 소문도 싫었다. 희진에게도 아직은 비밀이었다.

세 사람이 슬슬 더위에 지쳐 갈 무렵 마침내 폭포에 거의 다 왔음을 알리는 다리가 나타났다. 계곡물 바로 위를 지나는 낮은 높이의 난간 없는 돌다리였다. 다리를 건너는 세 사람의 걸음이 빨라졌다. 폭포에 도착하니 투명하게 맑은 용소가 한눈에 들어왔다. 물은 에메랄드에 가까운 초록빛을 띠고 있었다. 세 사람은 눈앞에 펼쳐진 신비로운 풍경에 감탄하며 홀리듯 폭포로 향했다.

'계곡 출입 금지, 급류와 와류로 인하여 대단히 위험하오니 절대 출입을 금하여 주시기 바랍니다.'

녹이 슨 철제 표지판에는 빨간 손 모양으로 금지 표시가 그려져 있었고 계곡 주변에는 노란 금지선이 설치돼 있었다. 그런데도 계곡을 드나드는 사람 중 그 문구에 주목하는 사람은 없었다. 해솔은 선 위를 성큼 넘어갔고 희진과 도담은 선 아래로 몸을 숙여 들어갔다.

해솔은 거리낌 없이 티셔츠를 훌렁 벗어 던졌다. 군살 없이 매끈하게 쭉 뻗은 몸이 드러났다. 1년 전만 해도 도담과 키가 비슷했던 해솔은 어느새 훌쩍 자랐고 어깨도 벌어져 있었다.

"근데 와류가 뭐야?"

해솔이 물었다.

"계곡물 아래 움푹 팬 웅덩이에 생기는 소용돌이 말하는 거야. 빨려 들어가는 거."

도담이 대답했다.

"소용돌이가 있어?"

금방이라도 물에 뛰어들려고 하던 해솔이 주춤했다.

"응, 나 그거 방송에서 실험한 거 봤어. 수영 잘하는 사람도 정말 제자리만 맴돌고 못 빠져나오더라."

희진이 말했다. 해솔은 호기심 어린 눈으로 에메랄드빛 용소를 바라봤다. 평화롭게만 보이는 저곳에 빨려 들어가는 소용돌이가 있다니 두려움과 동시에 호기심이 일었다. 위험을 품고 있는 계곡이 어쩐지 더욱 매혹적으로 느껴졌다.

"너 소용돌이에 빠지면 어떻게 해야 하는 줄 알아?"

도담이 해솔을 보며 물었다.

"어떻게 해야 되는데?"

"수면에서 나오려 하지 말고 숨 참고 밑바닥까지 잠수해서 빠져나와야 돼."

"소용돌이 얘기하니까 스크류바 먹고 싶다."

희진이 농담을 던지고 혼자서 킥킥 웃었다. 도담과 해솔은 서로에게 완전히 집중해 희진의 말에 반응하지 않았다.

"무서워? 궁금하지?"

도담이 긴장한 해솔에게 도발하듯 물었다. 해솔은 대답 없이 도담을 바라봤다.

"근데 여긴 별로 안 심해. 괜찮아."

그렇게 말하며 도담은 용소 한가운데로 점프해 뛰어들었다. 깊이가 달라 물색이 유난히 시퍼런 곳이었다. 요란한 소리가 나며 해솔과 희진에게 물이 튀었다. 수영할 줄 몰라 발만 담그고 있던 희진은 찬물에 비명을 질렀다. 도담은 한참을 물속에서 나오지 않았다. 해솔은 걱정스러운 눈으로 물속을 지켜봤다. 곧 수면 아래에서 도담이 용소를 가로지르는 모습이 어슴푸레하게 보였다. 신이 난 도담이 활짝 웃으며 수면에 얼굴을 드러냈다.

"아, 시원해!"

도담은 해솔을 보더니 용기가 있으면 들어오라는 듯 혀를 날름 내밀고 다시 잠수해 내려갔다. 도담은 물을 좋아했고 언제나 겁이 없었다. 호기심이 많지만 그만큼 겁도 많은 해솔은 도담의 그런 용감한 모습을 닮고 싶었다.

해솔도 도담을 따라 물속에 들어갔다. 계곡물은 얼음장처럼 차가웠다. 정말 수면에서 몸이 빨려 들어가는 듯한 소용돌이를 느꼈다. 잠수해 있는 도담을 향해 3미터쯤 되는 용소 바닥까지 내려갔다. 해솔은 너도 빨려 들어가는 기운을 느꼈냐는 듯 눈을 크게 뜨고 도담을 봤다. 고개를 끄덕이며 도담이 웃었다. 해솔도 웃었다. 세상에 둘만 있는 것처럼 느껴졌다. 물 위에 있는 희진은 두 사람이 잘 보이지 않을 거였고 빨려 들어가는 기분도 모를 거였다. 해솔은 아직까지 한 번도 닿아 보지 않은 도담의 입술에 입을 맞추고 싶었다. 해솔이 가까이 다가가자 도담이 손을 뻗었다. 둘은 물속에서 잠시 손깍지를 꼈다.

함께 수면에 올라온 둘은 얼굴만 내민 채 둥둥 떠서 하늘을 바라봤다. 짙은 초록으로 빽빽한 나무들 사이를 뚫고 한 줄기 햇살이 비쳤다. 평화로웠다. 시간이 멈췄으면, 하고 도담은 생각했다. 이대로 고3은 영영 오지 않고 엄마는 병이 말끔히 나아서 집으로 돌아왔으면.

"이해솔, 너는 물에 빠지면 나랑 도담이 중에 누구 먼저 구할 거야?"

두 사람을 구경하던 희진의 물음에 갑자기 분위기가 어색해졌다. 도담과 해솔이 시선을 교환했다.

"글쎄…… 도담인 나보다 수영 잘하니까 너를 구해야 맞나?"

해솔은 난처하게 웃으며 버벅거렸다. 도담은 희진의 멍청한 물음도, 해솔의 멍청한 대답도 거슬렸다.

"재수 없게 그런 말 하지 마."

"뭐 정색을 하고 그래."

희진이 입술을 삐쭉였다. 그 말은 적어도 진평에서 나고 자란 사람들은 해서는 안 되는 농담이었다. 애정을 확인하기 위해서 사랑하는 사람들의 목숨을 두고 저울질하는 질문이라니. 악질 농담이라고 생각하며 도담은 물에서 나왔다.

"어? 도담이네 아빠다."

계곡을 내려와 강둑을 따라 걷는 길에 희진이 멀리 보이는 빨간 구조공작차를 발견했다. 셋은 무더위에 속절없이 녹아내리는 막대 아이스크림을 핥아 먹으며 걷고 있던 중이었다. 잠수복을 입은 구조대원들이 막 강에 들어갈 채비를 했다. 한 마을이 근무지라 해도 출동을 나와 있는 창석을 보는 건 도담에게도 드문 일이었다. 현장에 가까워지자 들려오는 통곡 소리에 세 사람은 겁에 질렸다. 방금까지 물놀이를 한 듯 옷이 쫄딱 젖어 있는 대학생 예닐곱 명이 강물을 바라보며 울고 있었다. 그 광경 앞에서 세 사람은 들고 있던 아이스크림을 더는 먹을 수 없었다.

"병주야아…… 동범아아…… 얼른 나와아! 이제 나오라고!"

학생들이 애타게 이름을 부르며 울부짖었다. 누구라도 자기 가족들 사이에서는 절대 들리지 않았으면 하는 끔찍한 절규였다. 사고 현장은 수위가 낮을 때는 마을 아이들이 족대로 물고기를 잡고 노는 잔잔한 곳이지만, 비가 온 이후로 수위가 높아져 있었다. 구경꾼들의 말에 의하면 대학교 동아리에서 엠티를 온 사람들이라고 했다. 먼저 물에 빠진 부원은 말년 휴가를 나온 군인이고 친구를 구하려고 다른 한 명이 뛰어들었다고 했다. 도담은 희진과 해솔에게 눈짓했다. 거봐, 그런 농담 말랬지, 하는 의미를 담은 시선이었다.

통곡이 계속 이어지는데 잔잔한 수면은 뜨거운 햇살에 눈부시게 반짝이고 있었다. 구조대가 도착했을 땐 골든타임인 4분이 한참 지난 뒤였다. 진평 소방서에서 이곳까지는 아무리 빨라도 15분은 걸렸다. 물속에서 호흡할 수 있는 아가미가 없으니 그 시간 동안 사람이 살아 있을 리 만무했다. 그러나 학생들은 이성적으로 현실을 받아들일 수 없는지 잠수만 이제 그만 나오라고 친구들 이름을 불러 댔다. 잠수했던 구조대원 셋이 잠시 물 위로 올라왔다. 숨 막히는 정적 가운데 다시 잠수하는 소리가 났다. 이내 수면은 다시 고요해졌다. 세 사람이 선 자리에는 아이의 그림이 누워서 떨어진 곳에 개미 떼가 우글대며 꼬이고 있었다.

조금 지나자 사고 현장에 마을 사람들이 몰려들어 개미 떼처럼 바글거렸다. 어른들은 물에 빠져 죽은 사람과 눈이 마주치면 액운이 들러붙는다며 구경하지 말라고 아이들을 내쫓았다. 겁에 질린 희진은 여기서 뭘 기다리냐며 집에 가자고 도담과 해솔을 재촉하더니, 두 사람이 대답이 없자 먼저 가겠다며 집으로 돌아갔다.

어스름이 깔릴 때쯤 수면 위로 고개를 내민 창석이 찾았다는 수신호를 보냈다. 시신을 수습하자 구경꾼 몇은 보지 않으려고 고개를 돌렸고 도담은 두려웠지만 호기심을 가지고 끝까지 지켜봤다. 물에서 끄집어내진 남자는 섬뜩할 정도로 창백한 얼굴로 눈을 부릅뜨고 있었다. 남자가 들것에 실리고 흰 천으로 가려지는 사이, 남자의 고개가 돌아가며 그 부릅뜬 눈이 도담을 노려봤다. 숨이 멎을 것처럼 서늘했다. 도담은 뒤늦게 남자로부터 시선을 돌렸고, 역시 겁을 집어먹은 해솔과 눈이 마주쳤다. 지쳐 있던 학생들의 통곡 소리가 비명에 가까워졌고 남자를 실은 구급차는 경광등을 반짝이며 멀어졌다. 소란에도 강물은 무심하게 흐르고 있었다. 날이 어둑해져 수색은 중단되었다. 내일 다른 한 명의 수색을 이어 가야 한다고, 요구조자가 진평댐이 있는 곳까지 떠내려가면 찾기 힘들 거라고 구조대원들끼리 말하는 소리가 들렸다.

며칠간은 어른들의 경고로 마을에서 수영하는 아이들이 보이지 않을 것이다. 그러면서도 진평의 사람들은 외부에서 오는 관광객의 발길이 끊기는 것을 두려워했다. 며칠 후면 언제 그랬냐는 듯 사람들은 물에 들어갈 것이다.

해가 저도 후끈한 열기와 숨 막힐 듯 끈적한 공기는 여전했지만 해솔과 도담은 손을 꼭 잡고 집으로 향했다. 도담의 집은 산에 둘러싸인 마을 입구로부터 가장 깊은 곳에 있었는데 불빛 하나 없는 어둑한 언덕길을 한참 걸어 넘어가야 했다. 언덕은 풀벌레 소리와 개구리 소리가 가득했다. 두 사람은 아까 본 사고 현장에 적잖이 충격을 받았는지 침울한 표정이었다. 해솔은 낮에 소용돌이에 뛰어들어 용소 바닥에 둘만 있었던 느낌이 아직 생생해 기분이 이상했다. 낮에만 해도 행복한 기억이었는데, 얼마나 무모했던가.

"너 예전에도 이런 거 본 적 있어?"

해솔이 물었다.

"물에 빠진 자식 구하려고 아빠가 뛰어들었다가 아이는 구하고 아빠는 빠져 죽는 건 몇 번 봤어."

"어떻게 아이는 구했는데 아빠는 빠지는 거야?"

"나도 몰라. 초인적인 힘으로 아이는 간신히 구한 뒤에 탈진해서? 분명한 건 그런 경우가 정말 많다는 거야."

"아무리 아빠라고 해도 자기가 전혀 수영할 줄 모르는 사람이어도 뛰어들까?"

"글쎄……."

해솔은 초점 잃은 시선으로 혼자 여러 가정을 하며 정답 없는 사고실험을 이어 갔다.

"그건 과연 위대한 사랑일까? 이성적인 판단을 내릴 새도 없는 즉각적인 반응이 정말 용기와 관련 있는 걸까? 자기 자식이니까 유전자에 각인된 본능 같은 거 아닐까? 그럼 자신과 상관없는 타인을 위해 뛰어드는 경우는 뭐지? 물에 빠져 위태로운 강아지나 고양이를 위해서라면? 뛰어드는 사람도 있을 거야. 하지만 물에 빠진 게 토끼나 닭이라면? 만약 평생 집에 소홀하던 사람이 물에 빠진 가족을 위해 뛰어들면 그걸로 사랑이 증명되는 걸까……."

도담은 자신이 해솔을 향해 뛰어들었을 때를 떠올렸다. 그때 도담은 그렇게 많은 생각은 없었다. 단지 수영에 자신 있었고 구할 수 있다고 생각했다. 사람들이 숭고하다며 가치를 부여하는 일들은 어쩌면 아무 생각 없이 벌어지거나 무모함과 닮았는지도 모른다. 세상을 유지하기 위해 나중에 의미가 부여된 것일 수도 있다. 하지만 이런 생각을 해솔에게는 밀하지 않았다.

도담과 해솔은 어느새 언덕의 꼭대기에 도착해 멈춰 섰다. 언덕 꼭대기에는 진평의 특산물인 옥수수를 들고 있는 농부 조각상이 장승처럼 서 있었다. 해솔이 조각상을 가리키며 물었다.

"저거 약간 소름 끼치지 않아?"

"응, 기분 나빠. 눈은 무표정인데 입만 웃고 있어. 꼭 비웃는 것 같아."

2미터가 넘는 크기에 웃는 얼굴을 한 조각상은 낮에 볼 때는 순진한 청년처럼 보이지만, 어둠이 드리우면 달빛에 비친 얼굴에 그림자가 져 기괴해 보였다. 인적이 드문 곳이라 왜 이곳에 설치했는지 의문이었고 마을 사람들도 흉물이라고 했다. 해솔은 이곳을 지날 때마다 무섭다면서도 꼭 여기까지 도담을 데려다주고 집으로 돌아갔다.

휘이이— 그때 어디선가 높은 휘파람 소리가 들려왔다.

"방금, 들었어?"

해솔이 깜짝 놀라 도담을 바라봤다. 휘이이— 고음의 마이크 하울링 같기도 한 울음소리가 또다시 들려왔다. 해솔은 소름이 돋았다. 들릴 듯 말 듯 희미해서 잘못 들은 건가 싶은 가녀린 소리.

"귀신 새야."

도담이 익숙한 듯 말했다.

"귀신 새?"

해솔이 겁먹은 표정으로 되물었다.

"호랑지빠귀라는 새 울음소리야. 한밤에 우는데 소리가 으스스하다고 귀신 새라고 해. 사람마다, 기분에 따라 다르게 들린대."

누군가는 그 울음소리를 듣고 기괴하다고, 누구는 재밌다고, 누구는 슬프다고 했다. 자신 있는 표정으로 설명해 주는 도담에게 또 한번 반한 해솔은 무서움을 느끼는 와중에도 도담의 얼굴을 빤히 바라봤다. 자신을 뚫어져라 보는 해솔의 눈빛에 도담은 얼굴이 화끈거려 괜히 퉁명스레 물었다.

"넌 어떻게 들려?"

"무서워."

"으이그, 덩칫값 좀 해라."

도담은 해솔의 얼굴에 닿을 만큼 바짝 다가서서 해솔의 정수리에서 자기 정수리까지 손을 펼쳐 키를 가늠해 봤다. 가까이 다가선 해솔의 몸에서는 강아지 발바닥처럼 고소한 냄새가 났다.

"너 작년보다 얼마나 큰 거지?"

"16센티."

"뭐 먹고 컸냐. 불공평하게."

도담은 갑자기 키가 커진 해솔이 좋으면서도, 해솔만 다른 눈높이로 세상을 보는 것 같아서 서운했다. 해솔이 여전히 도담을 빤히 바라봤다. 해솔의 뜨거운 숨이 뺨에 닿았다. 너무 가까워서 온몸이 땀에 젖은 게 신경 쓰였다. 도담은 침을 삼켰다. 이상하게 물러서고 도망치고 싶은 조바심이 났다.

"오늘은 내가 집까지 바래다줄까?"

해솔이 물었다.

"바보야, 그럼 너 다시 여기 혼자 돌아올 거야? 맨날 무섭다고 그러면서……"

도담은 속마음과는 다른 얘기를 내뱉었다. 종종 후회하곤 하는, 자신도 이해할 수 없는 안 좋은 습관이었다. 나는 왜 내가 바라는 바를 곧이곧대로 말하지 못하는 걸까.

"알았어. 그럼 갈게. 내일 봐."

해솔이 잡고 있던 손을 놓고 돌아섰다. 마음이 급해진 도담은 돌아서려는 해솔을 붙잡고 물었다.

"근데 희진이 걔는 아까 왜 그런 말을 한 거야. 걔 너 좋아하는 거 아냐?"

입술을 내민 도담의 질투가 귀엽다는 듯 해솔은 가만히 서서 웃었다. 도담이 "왜, 뭐."라며 따지자 해솔이 도담에게 바짝 다가왔다. 해솔의 입술이 도담의 입술에 닿았다. 생각보다 뜨겁고 축축했다. 도담은 눈을 감은 순간 왠지 모르게 시신의 부릅뜬 눈이 생각났다. 첫 키스의 순간에 시체를 떠올리다니 꺼림직한 기분이 들어 눈은 더 질끈 감았다. 조각상이 둘을 지켜봤다. 어두운 밤 저편에서 다시 한번 휘이이— 귀신 새 울음소리가 들려왔다.

5

궁전 모텔 204호는 갈 곳 없는 진평에서 둘만의 비밀장소
였다. 지방 국도를 달리다 보면 저런 델 누가 이용하나 싶은
궁전 모양의 모텔이 영업이 중지된 채 방치되어 있었다. 목매
달고 죽은 사람이 있어 귀신이 나온다는 소문도 있고, 인터넷
자살 카페에서 모인 세 명이 번개탄으로 죽었다는 소문도 있
었다. 사람들은 저주받은 곳이라고 얼씬도 하지 않았다. 해솔
은 으스스하다며 무섭다고 했지만, 도담은 냉소적으로 덧붙
였다. "그냥 장사가 안 돼서 망한 거지, 뭐. 요즘에 펜션 같은
데 가지, 누가 이런 촌스러운 데를 와. 불륜 커플들이나 오던
데일걸." 건물 내부는 방치되어 있던 것에 비해 꽤 멀끔했다.
입구로 드나드는 길목은 관리하지 않아 덤불이 울창했고 높

게 솟은 나무에 해가 가려져 어두운 방에 들어서면 세상의 시선으로부터 자유로웠다.

어둠 속에서 도담은 해솔의 입술과 코와 눈을 차례로 핥았다. 해솔의 눈가를 간질이던 도담의 혀가 해솔의 눈동자에 닿았다.

"윽, 짜. 엄청 짜."

도담의 목소리가 204호 방 안에 울렸다. 굵은소금을 입에 한가득 문 것처럼 짰다.

"짜?"

해솔이 물었다.

"응, 너 사람 눈 맛본 적 있어?"

"아니, 당연히 없지. 나도 해 볼래."

해솔이 혀를 길게 내밀었다.

"으, 기분 이상해."

해솔의 혀가 다가오자 도담은 간질간질한 느낌에 몸부림쳤다.

"좀 가만 있어 봐."

해솔이 도담의 양어깨를 꽉 잡았다.

"우리 미쳤어, 정말."

도담이 웃었다. 해솔의 혀가 도담의 눈동자에 닿았다.

"악, 진짜 짜네."

해솔이 말했다. 이제 둘은 서로의 눈이 얼마나 짠지 그 맛을 알았다. 도담은 세상 아무도 모르는 둘만의 비밀을 갖게 된 것 같아 만족스러웠다. 둘이서 해 보고 싶은 건 다 해 볼 거였다.

궁전에서는 키스한 지 1분이 지났는지 10분이 지났는지 알 수 없었다. 둘은 한참 서로의 혀를 빨고 입술을 깨물었다. 쿰쿰한 먼지 냄새는 어느새 가득한 침 냄새로 덮였다. 때로는 금세 시간이 흘러 버렸다는 것에, 때로는 영원 같던 시간이 얼마 지나지 않은 것에 놀랐다.

궁전의 어둠 속에서 둘은 서로에게 비밀이 없었다.

"나 가끔 아빠가 죽는 꿈꾼다."

도담은 무시무시한 꿈을 종종 꾼다고 해솔에게 고백했다. 아빠가 높은 곳에서 추락하는 꿈. 말벌 떼에 온몸을 쏘이는 꿈. 급류에 휩쓸려 떠내려가는 꿈. 화재 현장에서 시커멓게 불에 타는 꿈.

"사실 나 전에 다니던 학교에서 괴롭힘당해서 전학 온 거야."

해솔도 고백했다. 중학교 때부터 친하게 지내던 애가 있었는데, 그 애가 어느 날부터 일진들과 어울리기 시작하더니 자신을 온갖 악랄한 방법으로 괴롭혔다고 했다. 노는 아이들과 어울리려면 친구를 제물로 삼는 그들만의 신고식이라도 해야 했나. 해솔은 이유를 알 수 없이 내쳐졌다는 사실이 더 괴로 웠다.

"나는 걔가 친구라고 생각했는데, 나 혼자 착각했나 봐."

어둠 속에서 희미하게 보이는 해솔의 표정이 무척 쓸쓸했다.

"걔 진짜 찌질하고 못됐다."

"근데 난 진평에 오게 돼서 좋아."

"이런 시골이 뭐가 좋아."

"진심이야. 네가 날 구해 줬잖아. 나 서울에서는 늘 외로웠 는데 너랑 있으면 외롭지 않아. 너랑 만나려고 진평에 오게 된 것 같아."

그 고백에 도담은 가슴이 뭉클해져 해솔을 끌어안았다. 구 해 줬다는 말은 비유가 아니었다. 도담은 해솔을 구하기 위해 뛰어들었고 둘이 그렇게 만났다는 사실이 특별하게 느껴졌다. 그날 그 시간, 거기에 아빠와 내가 없었다면……. 그런 생각을 하니 이미 싸늘해진 해솔의 몸을 안고 있는 듯 끔찍한 기분 이 들었다. 땀에 축축하게 젖었는데도 더 꽉 끌어안으며 해솔 의 심장 박동을 느꼈다. 어둠 속에서 시간도 공간도 사라지고 오로지 둘의 심장만 같은 속도로 뛰고 있었다. 도담이 해솔의 귀에 대고 속삭였다.

"나도 네가 진평에 와서 좋아."

*

"그렇게 거품만 묻혀서 되겠어? 자, 이렇게 빡빡 닦아라, 빡빡."

찌든 때가 낀 소방차에 하얀 비누 거품이 묻었다. 창석은 밀대에 비누 거품을 가득 적셔 소방차 옆면을 닦으며 직접 시범을 보였다. 해솔은 소방서 차고 앞에서 커다란 소방차들을 세차 중이었다. 분리수거와 사무실 청소를 먼저 끝낸 희진과 도담은 차고에 있는 간이 의자에 앉아 그 모습을 지켜봤다.

"너네 대충 시간 때우면 봉사 시간으로 안 쳐 줄 거야."

융통성 없는 원칙주의자인 창석은 그렇게 말하고는 해솔에게 소방 호스를 잡아 보게 했다. 소방 호스를 잡은 해솔은 신이 나서 물을 분사했다. 시원하게 쏘아지는 물줄기에 소방차에 묻은 비누 거품이 씻겨 나가며 새 차처럼 번쩍거렸다.

"수압이 좋아서 세차할 맛 나지. 어때, 해솔이 너 구조대 들어올 생각 없냐? 도담이가 구급대원 하면 딱 좋겠는데 싫단다."

"뭐야, 어떻게 해솔이 내 대신이 돼?"

듣고 있던 도담이 창석에게 따져 물었다. 창석이 웃으며 호스의 관창을 돌리자 일자로 뻗어 나가던 물줄기가 넓게 분사됐다. 그 물줄기를 따라 차고 앞에 쌍무지개가 만들어졌다.

도담은 적지 않게 봤던 창석의 레퍼토리였다.

"와! 저거 봐! 봤어?"

해솔은 경이에 찬 눈으로 입을 반쯤 벌리고 도담 쪽을 바라봤다. 해솔은 그런 반짝이는 눈을 할 때가 많았다. 언덕에서 반딧불을 처음 봤을 때, 별들이 쏟아질 듯한 진평의 밤하늘을 올려다봤을 때. 세상에서 가장 신비로운 발견을 한 듯한 눈을 했다. 덕분에 도담은 무심하게 보아 오던 진평의 많은 것을 해솔의 눈으로 새롭게 보고 있었다. 별 감흥 없던 무지개조차 아름답게 느껴졌다.

도담은 필름 카메라로 그 순간을 찍었다. 무지개와 함께 해솔과 창석이 한 프레임에 담겼다.

"나 해솔이랑 사귄다."

도담이 별일 아니라는 듯 희진에게 툭 고백했다. 셋이 같이 다니면서 계속 숨기는 게 속이는 것 같아 마음에 걸렸다.

"뭐야, 너네 그럴 줄 알았어."

희진이 도담의 무릎을 건드리며 웃었다. 도담은 희진의 반응을 살폈다. 자신을 위장막처럼 이용했다고 생각할까 봐 걱정했는데, 기분 나빠하지 않아 다행이었다. 해솔과 창석에게 시선을 주면서 희진이 중얼거렸다.

"근데 너네 신기하다."

"뭐가?"

"너네 부모님들까지 되게 가족처럼 지내잖아. 어제도 북면에서 같이 차 타고 가시던데."

희진의 말에는 별다른 뉘앙스가 없었다. 북면은 이곳에서 차를 타고 30분 이상 가야 하는 곳이었다. 내게 그런 말은 없었는데. 도담은 의아했다. 어제 비번이었던 창석은 구조대 동료인 태혁 삼촌과 낚시를 간다고 했었다.

"어제? 북면에 왜 갔는데?"

"나야 모르지. 난 그냥 할머니네 갔다가 본 건데……."

"태혁 삼촌도 같이 있었어?"

"내가 봤을 땐 둘만 있었어."

"정말? 잘못 본 거 아니야?"

"아냐, 분명히 봤어. 너네 아빠 차 타고 가는 거."

도담은 기억을 더듬느라 가늘어진 희진의 눈을 한참 바라봤다. 창석이 도담에게 거짓말을 할 이유가 없었다. 그럼 해솔에게 마음이 있는 희진이 질투해서 헛소리를 하는 건가. 희진은 자기가 거짓말하는 것 같냐며 억울하다는 표정을 지었다. 대중교통이 불편한 진평에서 방향이 같으면 오가는 길에 태워다 줬을 수도 있고 이상하게 보일 일은 아니었다. 그런데 아빠가 왜 내게 거짓말을 한 걸까. 그게 이상했다. 별다른 생각 없던 희진은 오히려 도담의 반응을 보고는 놀라서 작은 눈이 커졌다.

"뭐야. 설마······."

"설마 뭐."

도담이 차가운 목소리로 잘랐다.

"너 쓸데없는 소리 하지 마. 해솔이한테도 말하지 말고."

도담은 희진에게 단단히 주의시켰다. 희진이 자신에게 마을의 소문을 많이 들려주는 애라는 게 생각났다. 희진에게 해솔과 사귄다고 말한 게 금세 후회됐나.

도담은 소방차를 세차 중인 창석을 건너다봤다. 그럴 리 없었다. 부정하고 싶었다. 순간 미영을 보고 앞니가 보이도록 웃던 창석의 얼굴이 떠올랐다. 그렇게 신나는 표정으로 미영과 둘이 차를 타고 어디론가 가는 모습이 그려졌다. 속이 거북했다.

해솔은 뭔가를 알고 있을까. 해솔과는 뭐든 공유했고, 비밀 같은 건 없었는데, 이번에는 해솔에게 털어놓을 수 없었다. 해솔이 알게 되면 해솔과의 관계가 알 수 없는 방향으로 변하게 될 것 같아서였다. 그런 건 생각도 하기 싫었다. 물줄기가 사라진 차고 앞에는 더 이상 무지개가 보이지 않았다.

6

"어머니, 이거 드세요. 폐렴에 배가 좋대요."

해솔이 직접 깎은 배를 포크로 찍어 정미에게 내밀었다.

"어머, 어쩜. 배도 우리 딸보다 더 잘 깎네."

병실 침대에 걸터앉은 정미가 감탄했다.

"아이고, 엄마 눈에서 하트 나간다."

"그럼 딸 성적 올려 줬다는데 하트 안 나가는 부모가 어딨
어. 더군다나 이렇게 잘생긴 청년한테."

해솔은 정말로 수학 포기자였던 도담의 수학 선생 노릇을
했다.

"야, 착각하지 마. 우리 엄마는 네가 공부 잘하니까 좋아하
는 거야."

해솔과 정미가 사이좋게 웃자, 도담은 입을 벌리고 인상을 찡그리며 둘이 지금 뭐 하냐는 듯한 표정을 지었다. 병원 생활 한 달째, 정미는 수척해 보이던 지난번과 달리 상태가 좋아 보였다. 그래도 해솔 덕분에 정미가 웃는 것 같아서 도담은 안심이 됐다.

"너희 둘, 그래도 선은 넘으면 안 된다. 알지?"

정미의 말에 도담과 해솔이 시선을 교환했다. 도담은 얼굴을 잔뜩 찌푸렸고 해솔은 얼굴을 붉혔다.

"이제 고3이잖아. 자제해야지. 그래도 혹시라도 무슨 일 생기면, 피임 꼭 제대로 해야 된다."

"아, 엄마. 좀."

정미가 놀리는 게 재밌다는 듯 웃으며 다른 별일은 없냐고 도담에게 물었다. 도담은 병실에서 혼자 심심했을 정미를 위해 올 때마다 그간 마을에 있었던 일과 아빠 이야기를 시시콜콜 들려주곤 했다.

"아빠가 요즘에 안 하던 잔소리해. 엄마가 시켰지?"

도담이 투덜거렸다.

"뭐라는데?"

정미가 웃으며 물었다.

"막 인생을 결정하는 중요한 시기라고, 집중하라고 그러잖아. 입시는 하나도 모르면서. 차라리 엄마 잔소리가 나아."

"그래, 빨리 나아서 엄마가 잔소리해야지."

정미가 도담의 볼을 쓰다듬었다. 도담은 창석의 어설픈 잔소리는 듣고 싶지 않았다. 엄마가 자기가 할 몫을 아빠에게 조금씩 시키는 것 같아서 싫었다. 엄마의 잔소리가 영원히 계속됐으면 좋겠다고 생각했다. 정미가 약하게 콜록대며 기침을 했다.

병원은 도담에게 익숙한 공간이었다. 누군가는 평생에 한두 번 겪을 생사가 오가는 사고 현장이 창석의 일터였다. 도담이 초등학생일 때 창석이 현장에서 큰 화상을 입고 구사일생으로 목숨을 건진 적이 있었다. 뉴스에도 난 큰 사고였다. 창석은 한동안 얼굴과 상반신 전체에 붕대를 감고 있어야 했다. 눈만 내놓은 모습이 마치 영화에 나오는 미라 같아 무서웠다. 그렇게 창석이 생사의 고비를 넘겼을 때 정미는 곁에서 대소변을 다 받으며 병 수발을 했다. 오랜 재활 끝에 현장에 복귀한 창석은, 등에서부터 팔까지 뒤덮은 화상 흉터가 생겼고 미칠 듯한 간지러움에 고생했다. 창석의 등에 도담과 함께 연고를 발라 주면서, 정미는 얼룩덜룩한 화상 자국이 훈장이라는 것을 도담에게 가르쳤다. 창석을 누구보다 자랑스러워하는 정미였다. 그 모습이 도담이 떠올리는 '사랑'이었다.

정미가 대화를 이어 나갈 수 없을 정도로 몸을 들썩이며 심하게 기침하기 시작했다. 해솔은 걱정스러운 표정으로 어쩔 줄을 몰라 했다. 도담 역시 정미에게 물을 가져다주는 것 외에는 할 수 있는 게 없었다. 엄마는 아빠가 무슨 짓을 하고 다니는지 아무것도 모르고 있겠지. 엄마에게 너무 가혹해. 정미의 메마른 기침 소리에 도담은 눈물이 핑 돌았다. 울면 안 된다고 침을 삼키며 눈을 자주 깜빡였다.

*

며칠간 북부 지방에 내린 폭우로 높아진 수위를 조절하기 위해 8년 만에 진평댐의 수문을 연다고 했다. 우산을 쓰지 않아도 될 정도의 안개비가 흩뿌리고 있었다. 해솔은 수문이 열리는 순간을 놓치면 안 된다며 걸음을 재촉했다. 진평댐 10개 수문 중 6개를 연다고, 초당 3000톤의 물이 방류된다고 했다. 수문이 열리는 일은 마을 사람들에게도 외지인들에게도 진기한 일이었다. 진평댐이 보이는 곳에 도착하자 색색의 우산을 쓴 사람들이 모여 있었다. 도담과 해솔은 사람들이 모인 데서 멀리 떨어져 둘만 있는 곳에 자리 잡았다. 산과 강을 배경으로 탁 트인 댐의 전망이 시원했다. 댐 아래를 내려다보며 해솔이 물었다.

"진평댐 수문 밑에 강에서 떠내려간 시체들이 한가득이라는 거 정말일까?"

"그럴지도 모르지."

도담은 시큰둥하게 대답했다. 강에서 미처 발견되지 않았던 대학생 한 명은 어떻게 됐을까. 도담은 수문 아래 수십구의 시체가 있는 모습을 떠올렸다. 금세 서늘하고 거북한 기분이 들었다.

"너 요새 뭐 있어? 표정이 뭔가 수상해."

해솔이 의심스러운 눈초리로 물었다. 도담은 해솔에게 털어놓고 싶은 마음과 말하면 안 된다는 마음 사이에서 갈등했다.

"있긴 뭐가 있어. 그냥 지겨워서 그렇지. 아, 얼른 진평 뜨고 싶어."

"여기 벗어난다고 뭐 재미있을까. 다 똑같지."

해솔이 흐르는 강을 바라보며 중얼거렸다. 도담은 대학생이 되어 새로운 친구를 사귀고 해솔과 함께 여행을 떠날 미래의 일들이 흥분되고 기다려지는데 해솔은 그렇지 않은 듯했다.

"난 서울 가면 다 할 거야. 홍대 가서 클럽도 가고 밴드 공연도 볼 거고 한강도 가고 롯데월드 가서 자이로드롭도 탈 거야. 너 롯데월드 가 봤어?"

"응. 가 보긴 했지. 근데 난 무서운 거 못 타."

해솔은 생각만 해도 싫다는 듯 몸서리쳤다.

"내가 한 번만 같이 타자고 해도?"

"나 진짜 못 타. 오줌 쌀지도 몰라."

도담은 어쩜 이렇게 다르냐는 듯 해솔을 빤히 보더니 물었다.

"그럼, 넌 나중에 뭐하고 싶어?"

"나? 약사 한다고 했잖아."

해솔은 약대에 가서 이모처럼 약사가 되고 싶다고, 혼자서 고생하며 자신을 키워 준 엄마를 호강시켜 주고 싶다고 했다. 도담은 약사 가운을 입은 해솔을 떠올리기가 낯설게 느껴졌다.

"아니, 그런 거 말고, 버킷 리스트 같은 거 말이야."

"별로 없는데. 너는 뭐하고 싶은데?"

도담은 댐 건너편 국도로 쌩쌩 달리는 차들을 내려다봤다.

"난 멀리 가고 싶어."

"알았어. 내가 나중에 운전하게 되면 어디든 데리고 갈게."

"차로는 안 되는데? 난 세상 멀리까지 여행할 거야."

"멀리 어디?"

"칸쿤."

"그게 어디야?"

"멕시코에 있는 휴양지야. 고래상어랑 같이 헤엄칠 수 있는 곳이 전 세계에 몇 군데 있는데 그중 하나야."

도담은 다큐멘터리에서 봤던 낙원 같은 카리브해의 코발트 블루 빛 바다를 떠올렸다.

"그래? 그럼 너 갈 때 나도 같이 갈게. 꼭 같이 가는 거다."

해솔이 조금의 망설임도 없이 말했다. 그 말에 도담은 기분이 좋으면서 괜히 핀잔을 줬다.

"너는 다이빙할 줄 모르잖아."

"배우면 되지. 수능 끝나면 최 반장님이 오픈 워터 강습해 주신다고 했어."

해솔과 함께 카리브해의 푸른 바닷속에서 고래상어와 헤엄치는 상상을 하자, 도담은 그 일이 꼭 먼 과거에 이미 경험한 일처럼 그리운 기분이 들었다.

"우리 엄마도 같이 배우기로 했는데, 나중에 넷이서 다 같이 다이빙 가면 재밌겠다."

해솔이 해맑게 웃으며 덧붙인 말에 도담의 얼굴이 굳어졌다. 그때, 수문이 열렸다. 어마어마한 양의 물이 방류됐고 굉음이 가득했다. 하얗게 치솟는 물보라가 장관이었다. 저 아래서는 뼈도 못 추리고 순식간에 부서져 버릴 것 같았다. 수문이 열릴 때까지 기다렸던 해솔은 카메라로 댐이 보이게 둘의 사진을 찍었다. 그러나 도담의 표정은 여전히 굳은 채였다.

"야, 이해솔."

"응?"

방류되는 거대한 물소리에 둘은 거의 소리를 질러 가며 대화해야 했다.

"너네 엄마 토요일에 어디 갔었어?"

"토요일에? 북면에 정은 아줌마 보러 갔는데."

해솔은 아무것도 모르는 얼굴로 그걸 왜 묻냐는 듯 대답했다.

"너 우리 아빠랑 너네 엄마랑 만나는 거 알았어?"

대답 없는 해솔에게 도담은 재차 물었다.

"알았어, 몰랐어?"

"그게 무슨 말이야?"

해솔은 눈만 껌벅거렸다.

"아악, 씨발!"

도담은 물소리에 묻히길 바라며 욕을 뱉었다. 영문을 모르던 해솔의 표정이 굳었다. 댐 주변에 하얀 물안개가 가득해졌다. 도담은 희진에게 들은 이야기를 들려줬다. 말을 할수록 점점 화가 치밀었다.

"……아픈 사람을 두고 그러고 싶냐? 너무한 거 아니냐고!"

"진정해. 왜 그래. 아직 모르는 거잖아. 차 태워 주는 게 뭐 문제라고."

해솔은 도담을 진정시키려고 끌어안았다. 그러나 해솔 역시 이상하다고 생각한 것은 마찬가지였다. 같이 갈 수도 있는데 왜 우리에게 거짓말했을까. 북면이 경치 좋은 드라이브 코스인 것과 더불어 들어선 모텔촌이 '불륜 명소'로 유명하다는 것도 불안한 생각을 거들었다.

"정말이면 어쩔 거야?"

해솔에게 안긴 채 도담이 물었다.

"뭘 어떻게 해?"

도담은 해솔의 품에서 빠져나와 해솔을 똑바로 봤다.

"너네 엄마 어쩔 거냐고. 공범이잖아."

해솔은 도담의 표현에 화가 났지만, 싸우고 싶지 않아서 아무 대답도 하지 않았다.

"아무 생각도 없어?"

도담은 답답해하며 짜증을 냈다.

"넌 뭐, 무슨 생각이 있는데?"

해솔이 맞받아쳤다. 짙은 물안개가 살아 있는 생물처럼 서서히 다가오고 있었다.

"벌을 주자."

도담의 목소리는 차갑고 단호했다. 어떤 말은 혀를 통해 입 밖으로 내뱉어지는 순간, 의식을 붙들어 매고 돌이킬 수 없는 힘을 가진다. 자욱해진 물안개 너머로 가파른 산의 실루엣이 희미하게 보였고 댐은 여전히 어마어마한 물을 토해 내고 있었다. 도담은 기이한 압력에 짓눌리는 기분이었고 자신이 한없이 무력하고 작은 존재처럼 느껴졌다. 곧이어 물안개가 두 사람을 집어삼켰다. 가까이 서 있는데도 서로가 보이지 않을 정도였다.

"어떻게?"

한 치 앞도 보이지 않는 안개 속에서 해솔이 물었다. 도담
이 다짐하듯 중얼거렸다.

"벌을 받아야 된다고 생각해."

7

밤에 산을 오르는 건 처음이었다. 어둠 속에서 계곡물 흐르는 소리가 더 크게 느껴졌다. 도담과 해솔은 도담의 휴대폰 플래시와 달빛에 의지해 캄캄한 산길을 오르는 중이었다. 이전에 칠성폭포에 가며 올랐던 길이었지만 한밤에는 초행길이나 다름없었다. 비라도 쏟아질 것 같은 불길한 구름들 사이로 흰 보름달이 떠 있었다.

정황은 충분했지만 두 눈으로 직접 확인해야 했다. 창석과 미영이 오늘 밤 칠성폭포에 간다는 사실을, 도담은 창석의 휴대폰에서 확인했다. 창석은 샤워 중이었고 휴대폰에는 비밀번호도 걸려 있지 않았다. 엄마가 병원에 있다고 막가는구나. 그 허술함에 어이가 없었고 대담함에 화가 났다. 두 사람의 문자를 확인하며 창석의 휴대폰을 만지는데 음식물 쓰레기를 뒤적이는 기분이었다. 역겨웠다. 자신이 아는 그 가정적인 사랑꾼이 맞는지 믿기지 않았다.

구구— 구구— 낮게 우는 멧비둘기 소리가 구슬프게 들려왔다. 도담의 뒤를 따라오던 해솔이 갑자기 호들갑을 떨며 얼굴에 붙은 거미줄을 떼어냈다. 그 모습을 보고 한마디 하려는데 도담의 얼굴에도 거미줄이 들러붙었다. 습하고 땀나고 숨차고 얼굴에 자꾸만 들러붙는 작은 날벌레들로 도담은 잔뜩 짜증이 났다. 둘은 연신 손을 휘저어 산모기를 쫓으며 산을 올랐다. 벌써 산모기에 몇 방 물린 복숭아뼈 부분이 간지러워 미칠 지경이었다. 마음 같아서는 계곡물에 당장 뛰어들고 싶었다.

"이걸 들고 가서 어쩌자는 거야."

해솔이 낮은 소리로 말했다. 해솔의 어깨에는 도담이 창석의 장비함에서 몰래 가지고 나온 제논 탐조등이 매달려 있었다. 한 치 앞도 보이지 않는 어두컴컴한 화재 현장에서 쓰는 엄청난 광량의 랜턴이었다. 사람 눈에 대고 쏘면 시력을 잃을 수도 있다고 창석이 주의를 줬던 장비였다.

"직접 두 눈으로 확인해야지."

도담은 단호하게 말했다. 해솔은 내키지 않는 표정이었다.

"오늘은 그냥 내려가자. 내일 우리가 직접 물어보자."

"물어보면 뭐, 그 둘이 솔직하게 말할 것 같아? 부끄러워서 헤어질 거 같아? 그럴 사람들이면 애초에 안 그랬어."

"아냐, 우리가 안다는 걸 알면 안 그럴 거야."

그러면 아무 일도 없던 일이 되는 걸까. 도담은 왠지 자신이 눈물겨운 두 사람의 러브 스토리에 걸림돌이 되는 기분이 들어 화가 치밀었다.

"그렇게 쉽게 용서 못 해."

"그럼 어쩌게, 소문이라도 낼 거야?"

도담이 가장 두려워하는 게 소문이라는 것을 해솔은 알고 있었다. 마을 전체에 소문이 나는 것을 상상하면 끔찍했다.

"도담아, 두 사람이 사랑에 빠진 걸 수도 있잖아."

해솔은 도담을 달래듯 조심스레 말했다. 마치 그것은 어쩔 수 없는 감정이고 그렇기에 면죄부를 받을 수 있는 것처럼.

"그래서, 축복이라도 하라는 거야?"

도담이 코웃음 쳤다. 누군가는 사랑이 교통사고 같은 거라고 했다. 그래, 교통사고 낼 수도 있다 치자. 그런데 책임도 안 지고 벌도 안 받으면 그건 뺑소니잖아. 가족을 속이고 상처 입히는 게 사랑이라면 도담은 사랑을 인정할 수 없었다. 온 힘을 다해서 찌그러트리고 싶었다.

"도담아, 너는 아빠를 사랑하잖아?"

"뭐?"

"다른 사람은 몰라도 너는 이해해 보려고 노력해야지."

계속되는 해솔의 사랑 타령에 도담은 진저리가 났다.

"넌 화도 안 나?"

"……."

"그래, 너는 입장이 다르겠지."

쥐처럼 진정하지 못하고 화를 내는 도담을 해솔은 슬픈 표정으로 바라봤다.

"너, 내가 밉겠다."

해솔이 입을 열었다. 의외의 말에 도담은 무슨 말이냐는 표정을 지었다.

"미안해."

해솔이 사과했다.

"네가 왜 미안해?"

"엄마가 누군가를 만난다면, 내게도 아빠가 있다면…… 최반장님 같은 사람이면 좋겠다고 생각했어."

해솔의 말을 듣고 도담은 속에서 울컥 올라오는 것을 애써 삼켰다. 답답한 마음에 눈물이 났다.

"짜증 나. 네가 우리 아빠 좋은 사람이라고 하는 것도 짜증 나고, 나도 엄마한테 거짓말하는 것 같아서 그것도 짜증 나. 진짜 개막장이야."

해솔이 손을 뻗어 도담의 눈물을 닦아 줬다. 도담은 엄마 아빠가 이혼이라도 하면 어떻게 되는 걸까 상상해 봤지만 잘 떠오르지 않았다. 창석은 늘 붙어 다니는 자신과 해솔을 지켜보면서 대체 무슨 생각이었을까. 생각할수록 이해되지 않고 분노만 차올랐다. 미영과 둘이서 우리에 대해 무슨 얘기를 했을까. 세상모르는 애들의 풋사랑이라고 가소로워했겠지.

해솔과 도담은 어느새 다리 앞에 도착했다. 거기에 창석의 차가 있었다. 도담의 피가 싸늘하게 식었다. 화를 내면서도 해솔의 말처럼 오해일 수도 있지 않을까, 하는 일말의 기대가 있었는데……. 해솔과 도담이 시선을 주고받았다. 폭포 소리가 가깝게 들렸고 도담은 휴대폰 플래시를 껐다. 몰래 도둑질이라도 하는 것처럼 심장이 두근거렸다. 금방이라도 비가 내릴 것 같은 눅진한 공기가 내려앉았다. 다리를 건너려는데 해솔이 두 팔을 벌려 도담을 가로막았다.

"나는…… 엄마가 창피하지 않았으면 좋겠어."

도담은 입술을 움찔거리며 잠시 침묵했다가 입을 뗐다.

"나도야. 나도 우리 엄마가 다치지 않았으면 좋겠어."

도담은 해솔이 가로막은 팔을 무시하고 다리를 건너가려 했다. 해솔이 도담의 팔을 붙잡았다.

"그러니까 하지 말자. 우리도 몰래 만나고 있잖아."

"그거랑 이거랑 같냐? 속이는 거랑 같아? 됐어. 그럼 넌 빠져. 나 혼자 갈 거니까."

도담은 해솔의 손을 뿌리치고 성큼성큼 다리를 건너갔다. 하늘이 더 어두워졌다. 구름이 몰려와 달을 가렸다. 도담은 다리를 건넌 뒤 해솔이 혹시나 자신을 따라오지 않을까, 하고 뒤를 돌아봤다. 해솔은 다리 한가운데 그대로 멈춰 있었다. 도담은 해솔에게 되돌아갔다. 해솔은 그런 도담을 보고 약간 안도하는 표정이었다. 도담은 그 기대를 깨며 해솔의 어깨에 걸쳐진 제논 탐조등을 거칠게 낚아챘다.

"겁쟁이 새끼."

도담의 욕설을 듣고도 해솔은 반응이 없었다. 그저 우두커니 서 있었다.

혼자 어두운 산길을 걷게 되자 도담은 조금 전 기세가 사그라들고 온 신경이 날카로워졌다. 꼭 봐 주는 사람이 있어야만 더 망나니짓을 할 수 있는 어린아이 같았다. 다리부터 폭포까지 얼마 되지 않는 거리가 갯벌에서 마라톤이라도 하는 것처럼 멀게 느껴졌다. 진창인 땅이 발길을 붙잡아 걸음이 무거웠다. 폭포가 가까워져 오자 점점 불안했다. 진실을 목격하게 되면 무언가 돌이킬 수 없을 것 같다는 두려움이 일었다. 걸을 때마다 어깨에 메인 랜턴이 자꾸만 허리에 부딪쳤다. 아파서 욕이 나왔다. 다 그만두고 내려가고 싶어졌다.

더 다가가자 계곡에서 말소리가 들려왔다. 도담은 소리 내지 않고 고양이처럼 살금살금 움직였다. 컴컴한 수면 위에 달빛이 내렸다. 어두워서 잘 보이지는 않았지만 저 멀리 폭포에 두 사람의 실루엣이 있었다. 두 사람의 웃음소리가 낮게 퍼졌다. 분명 창석과 미영의 목소리였다. 가슴이 얻어맞은 것처럼 욱신거렸다.

도담은 수풀 뒤에 숨어서 쪼그려 앉아 숨죽이고 한참을 지켜봤다. 창석과 미영은 폭포 옆의 널따란 바위에 걸터앉아 술로 보이는 뭔가를 마시고 있었다. 꽤 취했는지 서로의 어깨를 만졌다. 도담은 주먹을 힘껏 쥐고 마른침을 삼켰다. 온몸이 끈적하게 땀에 젖었고 목이 따끔거렸다. 시원한 물을 마시고 싶었다. 내가 큰 소리로 아빠, 하고 부르면 어떻게 반응할까. 도담은 떳떳하지 못한 행동을 들켜서 당황하는 창석의 모습을 보고 싶었다. 하지만 마음속에서 다른 목소리가 들려왔다. 내려가자. 내 두 눈으로 똑똑히 확인했으니 이제 돌아가자.

그때 누군가가 부들부들 떨고 있는 도담의 주먹을 잡았다. 도담이 소스라치게 놀라 뒷걸음질 치다가 나뭇가지를 밟았다. 빠직하는 소리가 크게 났다. 어느새 조용히 다가온 해솔이 소리 내지 못하게 도담의 입을 막았다. 두 사람에게 들렸을까 놀라서 도담은 급하게 고개를 숙였다. 굴욕감과 수치심이 들었다. 왜 내가 죄를 지은 것처럼 숨은 거지. 들켜서 이런 기분을 느껴야 하는 건 내가 아니라 저들인데. 두 사람은 아무 소리도 듣지 못한 듯했다. 그 정도로 서로에게 몰두한 것 같았고 무시당한 기분이 들었다. 도담은 자신의 입을 틀어막은 해솔의 손을 짜증스럽게 떼어 냈다. 오기가 치밀었다.

툭, 하고 빗방울이 머리에 떨어졌다. 도담과 해솔은 동시에 하늘을 올려다봤다가 폭포로 시선을 옮겼다. 멀리 보이는 두 사람도 비를 맞았는지 하늘을 보고 대화를 나누며 웃었다. 빗방울은 순식간에 빗줄기가 되어 용소 수면을 요란히게 때렸다. 도담과 해솔은 말없이 서로의 눈을 바라봤다. 내려가자. 저들도 이제 돌아가겠지.

그때 번쩍 하고 번개가 치면서 창석과 미영의 모습이 선명하게 보였다. 두 사람은 상의를 벗고 그대로 물속에 들어갔다. 둘만의 낙원에 있는 것처럼 오히려 더 신나서 두 팔을 벌리고 수면에 떨어지는 비를 만끽했다. 천둥이 우르릉거렸고 미영이 깍 하고 웃었다.

그 모습에 도담은 온몸의 피가 머리 쪽으로 역류하는 기분이었다. 심장이 거세게 뛰었고 관자놀이에 맥박이 펄떡이는 게 느껴졌다. 항상 안전에 대해 엄격하게 훈육하던 창석이었다. 자연 앞에선 자만해선 안 된다고. 자연이 가장 무서운 거라고. 그런 사람이 비 오는 밤에 어두컴컴한 계곡에서 술을 마시며 물놀이를 하고 있었다. 저렇게 위험하게. 두 사람은 비를 맞으며 한 몸처럼 포개졌다.

빗발은 점점 굵어져 장대비가 '계곡 출입 금지'라고 세워진 표지판의 옆면을 때렸다. 도담과 해솔의 옷이 물에 빠진 것처럼 전부 젖었다. 물 폭탄 같은 폭우였다. 도담은 아빠가 너무 싫었지만, 그보다 걱정이 앞섰다.

"뭐 하는 기야. 이제 그만하고 얼른 나오라고."

도담이 중얼거렸다.

"위험해."

혼잣말로 중얼거린 해솔이 더는 안 되겠다는 듯 랜턴을 빼앗아 들어 스위치를 눌렀다. 예상치 못한 해솔의 행동에 놀라서 도담이 손을 뻗었지만, 스위치가 눌리자마자 빛은 그야말로 빛의 속도로 도달해 용소를 환히 비췄다. 어둠 속, 보이지 않던 세상이 적나라하게 드러났다. 용소에 몸을 담그고 있던 두 사람은 환한 빛에 깜짝 놀라 허둥댔다.

"뭐야! 누구야!"

당황한 창석의 목소리가 산을 울렸다. 창석은 눈이 부셔 연신 찡그리면서도 빛이 쏟아지고 있는 방향이 어디인지를 찾았다. 미영은 놀라서 몸을 가리기 급급했다. 자신의 행동에 놀란 해솔은 랜턴 스위치를 딸깍, 하고 눌러 껐다. 계곡은 다시 순식간에 어둠에 잠겼다.

"어떤 새끼야!"

창석이 화를 내며 외쳤다. 그 모습을 멀리서 지켜보면서 도담은 잠시 통쾌함을 느꼈다. 도담이 고개를 돌려 보니 랜턴을 든 해솔은 얼이 빠진 표정이었다. 당황한 두 사람은 물에서 나오지 않았다. 나오라니까. 속으로 절박하게 외치며 해솔이 다시 스위치를 눌러 켰다. 두 사람은 더욱 물속으로 몸을 숨겼고 마음이 급해진 해솔은 랜턴을 이리저리 흔들었다. 도담은 몸을 숨기는 그들의 모습이 우스꽝스러웠다. 그러게 그 정도로 창피한 짓을 왜 했을까. 빨리 물 밖으로 나와. 창피한 몰골을 하고. 딸깍. 해솔이 체념한 듯 스위치를 눌러 랜턴을 껐다. 다시 세상이 사라지고 어둠뿐이었다. 그때 물이 찰랑거리고 무언가 허우적거리는 소리가 났다.

"미영아!"

창석이 외쳤다. 곧이어 물에 첨벙, 하고 뛰어드는 소리가 들렸다. 해솔이 벌떡 일어나며 랜턴을 떨어트렸다. 순식간에 벌어진 일이었다. 도담은 미영이 창피해서 물속으로 숨은 것으로 생각했다. 분명 그렇게 보였다. 숨이 막혔다. 심장이 터질 듯 뛰었다. 도담이 황급히 랜턴을 주워 들어 다시 불을 켰다. 딸깍. 없었다. 용소 한복판에는 창석과 미영이 증발해 버린 것처럼 보이지 않았다. 애초에 아무도 없던 듯 랜턴에서 쏘아진 빛 사이로 굵어진 빗줄기만 수면을 때리고 있었다. 도담의 눈이 두려움으로 커졌다. 장난하는 거지. 장난하는 거야. 겁주려고. 골려 주려고. 겁이 났다. 빗소리가 더 거세졌고 불어

난 물소리도 전보다 빠르고 거셌다. 쏴아아아― 무시무시한 소리였다. 도담이 고개를 돌려 해솔을 봤다. 해솔은 어어, 입을 벌린 채 사색이 된 얼굴로 손을 내밀고 있었다. 순간 해솔이 대책 없이 물에 뛰어들려고 튀어 나갔다. 도담은 있는 힘껏 해솔을 *끌어안으며* 저지했다.

"안 돼!"

"놔!"

해솔이 본 적 없던 얼굴로 도담을 밀쳤다. 도담은 질척해진 바닥에 처박혔다.

"불! 빨리 다시 켜!"

다급한 창석의 절규가 산을 쩌렁쩌렁 울렸다. 소리는 계곡 아래쪽에서 들려왔다. 해솔은 랜턴을 들고 재빨리 산길을 뛰어 내려갔다. 도담은 온 힘을 다해 일어서려고 했지만 끔찍한 가위에 눌린 것처럼 몸이 굳어 꼼짝도 하지 못했다. 얼른 일어나 해솔을 뒤따라가려다가 다리가 휘청하고 풀려 넘어졌다. 손바닥이 쓸리고 무릎이 깨져 피가 흘렀지만 아픔은 느껴지지 않았다. 겨우 일어선 도담은 절뚝이며 걸었다. 왈칵, 눈물이 터졌다.

"엄마!"

해솔이 랜턴을 이리저리 비추며 정신없이 계곡을 따라 달렸다. 도담은 눈물로 흐릿해진 눈을 비볐다. 랜턴의 빛이 지나가며 계곡 아래쪽에서 창석과 미영이 서로를 꼭 붙잡은 채 급류에 떠내려가는 게 보였다. 두 사람은 순식간에 도담의 시야에서 사라져 버렸다. 나무가 비바람에 떠는 소리가 거셌다. 해솔이 들고 있는 랜턴의 불빛이 이리저리 어지럽게 흔들리며 산을 밝혔다.

2부

8

한 달 뒤, 2006년

"짐은 얼추 싼 거 같구나."

할머니가 딱하다는 눈빛으로 해솔을 보더니 품으로 끌어안았다. 외삼촌이 부지런히 이삿짐을 봉고차에 날랐다. 해솔은 텅 빈 거실을 돌아봤다. 1년 전 이곳에 살림살이를 채워넣으며 즐거워하던 미영의 모습이 또렷했다. 해솔의 눈에서더는 흐를 것 같지 않던 눈물이 또다시 흘러내렸다.

"저 인사 좀 하고 와도 돼요?"

해솔의 물음에 할머니는 누구에게 가냐고 묻지 않고 말없이 고개를 끄덕였다.

사고 이후 한 달이 지났다. 모든 게 너무 갑작스럽게 휩쓸고 지나갔다. 미영은 수목장을 치러서 추모 공원의 나무가 되었고 창석은 그토록 좋아하던 바다에 뿌려져 바닷물이 되었다. 해솔과 도담은 경찰서에서 따로 조사를 받았다. 이제 어떻게 되는 걸까. 소년원에 가게 될까. 해솔은 두려움에 떨면서 사실을 있는 그대로 이야기했다. "순직 처리가 뭐야. 불명예지." 담배를 피우는 형사들은 그런 이야기를 다 들리도록 내뱉었다. 그들은 창석과 미영이 휴대폰으로 주고받은 메시지를 살폈고 혈액에서는 알코올이 검출되었다는 것을 확인했다. 도담과 해솔은 불기소처분을 받았다. 죄가 없다고 했다.

해솔은 언덕을 넘어 도담의 집으로 향했다. 도담과 처음 키스를 했던 농부 조각상 앞을 지났다. 이제 진평을 떠나 도담과 헤어진다고 생각하니 눈물이 멈추지 않아, 앞이 뿌옇고 어지러웠다. 엄마를 죽게 만들었다는 것만큼, 자신이 고아가 됐다는 사실만큼, 도담을 아프게 만든 사실이 괴로웠다. 이 순간에도 도담이 보고 싶고 걱정됐다. 휘이이— 간헐적으로 들려오는 귀신 새 울음소리가 몹시 쓸쓸하고 외롭게 들렸다.

해솔과 도담이 폭포에 있었다는 사실이 아직 알려지지 않았을 때 마을 사람들은 마구 떠들어 댔다. '최 반장이 어디 그럴 사람이야? 그 양반 품성으로 봤을 때 물에 빠진 해솔 엄마를 구해 주려다가 그런 건 줄 어떻게 알아.' '그럴 사람 따로 없는 거야. 옛말에 시커먼 열 길 물속은 알아도 한 길 사람 속은 모른다잖아.' '쯧쯧, 어느 쪽이든 아픈 도담 엄마를 두고 어떻게 그럴 수가 있어.' 쉽게 이해되지 않는 사고에 사람들은 이유를 찾으려 했다. 부주의, 과신, 자만, 술, 정욕. '아픈 부인을 두고 딴짓을 하니까 천벌을 받은 거야.' '해솔 엄마가 외로워서 그런 거지.' 창석을 탓하는 사람도, 미영에게 비난조인 사람도 있었다. 해솔은 그 말들을 도담이 듣지 않기를 바랐다.

나 때문이야. 해솔은 자신에 대한 원망과 분노가 들끓었다. 힘으로라도 도담을 가지 못하게 말렸어야 했다. 그때 랜턴을 뺏어 들어 켜지 말았어야 했다. 눈을 감으면 떠내려가는 창석과 미영의 마지막 모습이 자꾸만 떠올랐다.

"시련에는 다 이유가 있는 거다."

교회에 다니는 할머니는 밤마다 해솔의 손을 꼭 잡고 기도했다. 아무리 생각해 봐도 해솔은 이유 같은 건 알 수 없었다. 어떤 이유가 있더라도 받아들일 수 없었다. 할머니는 교회에 나가자고 했다. 하나님은 믿기만 하면 모든 것을 용서해 준다고, 믿기만 하면 죄가 사라진다고 했다. 그렇게 대단한 하나님이 조건부 용서라니. 정말이지 속 좁고 쪼잔한 거래 아닌가. 그렇게 쉽게 용서받을 리 없었다. 신이 용서한다고 해도, 해솔은 자신을 용서하지 않을 거였다.

자주 드나들던 도담의 집 현관 앞에 서서 초인종을 누르기까지 큰 용기가 필요했다. 조마조마하며 겨우 초인종을 누르자 딩동 소리가 크게 울렸다. 알고 눌렀는데도 깜짝 놀라 가슴이 덜컥했다. 초인종이 울리고 얼마 뒤 현관에 도담이 나왔다. 많이 울었는지 도담의 눈도 빨갛게 충혈되고 부어 있었다. 살이 쪽 빠져 핼쑥해진 도담을 보자마자 해솔의 눈에서 눈물이 주룩 떨어졌다. 두 사람은 서로를 바라보며 한참 동안 말이 없었다. 둘 중 누구도 쉽게 입을 뗄 수 없었다.

"……괜찮아?"

한참 만에 해솔이 울먹이며 물었다. 이 상황에 괜찮냐는 자신의 물음이 참 부적절하게 들렸다. 도담에게 미안하다고 말하고 싶었다. 그러나 미안하다고 말하는 순간 겨우 참고 있는 감정을 주체하지 못할 것 같았다.

도담은 텅 빈 표정으로 시선을 아래로 둔 채 해솔과 눈을 맞추지 않았다. 왜 아무 말도 하지 않는 걸까. 나를 보기 싫은 걸까. 해솔은 도담이 무슨 생각을 하는지 알 수 없었다. 당장이라도 도담을 끌어안고 엉엉 목 놓아 울고 싶었지만 용기가 나지 않았다.

해솔이 용기를 내어, 한 걸음 다가가 두 손으로 도담의 손을 꼭 잡았다. 두 사람은 벌벌 떨면서 서로의 손에 기대 겨우 버티듯 서 있었다. 도담이 그제야 해솔을 바라봤다. 해솔에게는 도담의 붉은 두 눈이 네가 랜턴만 켜지 않았어도…… 하고 자신을 원망하는 것 같았다. 죄책감이 몰려왔다. 금방이라도 도담이 원망의 말을 쏟아낼 것 같아 두려웠다.

"나 서울에 할머니네로 가."

헤솔이 울먹이며 말했다. 너는 도담을 보는 게 괴로웠다. 너무 울어서 머리가 아팠다. 도담은 헤솔의 눈을 마주 보려 하지 않았다.

"엄마 있어. 가."

"잘 지내야 돼. 연락할게. 안녕. 연락할게."

해솔은 다급하게 말했지만, 목이 잠겨 말이 잘 나오지 않았다. 그 순간 현관문을 벌컥 열고 정미가 나왔다.

"여기가 어디라고 와, 네가!"

정미는 매서운 눈으로 해솔을 쏘아봤다. 정미에게서는 소주 냄새가 진동했다. 놀란 해솔은 죄를 지은 사람처럼 고개를 숙이고 떨었다. 도담이 울면서 정미를 말렸다.

"엄마, 하지 마!"

"네가 무슨 낯짝으로 내 딸을 만나."

얼굴이 시뻘게진 정미가 어깨를 들썩이며 심하게 기침하기 시작했다. 금방이라도 피를 토할 것만 같았다.

"잘못했습니다. 죄송합니다……."

해솔은 고개를 들지도 못한 채 울며 연신 사과했다.

"엄마!"

"어떻게 네 목숨을 구해 준 사람을 죽게 만들 수 있어?"

정미가 핏발이 선 눈으로 부르짖었다. 도담과 해솔은 그 자리에 얼어붙었다.

"너희는 악연이야. 얽혀서 좋을 게 없어. 절대로 연락하지 마."

정미가 거세게 기침하며 도담의 손을 잡아끌었다. 두 사람이 집 안으로 사라질 때까지 해솔은 아무 말도 하지 못하고 우두커니 서 있었다. 철문이 시끄러운 소리를 내며 닫혔다. 다시는 열리지 않았다.

그게 마지막이었다.

9

사방이 어두컴컴한 가운데 장대비 소리와 계곡 물소리가 생생하게 들려왔다. 그것만으로도 도담에게는 그날이 떠오르는 무시무시한 공포였다. 도담은 겁에 질려 악몽에서 깨어났다. 아직 어두운 창밖에 비가 내리고 있었다. 해솔이 떠난 뒤 진평에는 태풍이 들이닥쳐 보름 동안 하늘이 뚫린 것처럼 비가 내렸다. 매해 그랬던 것처럼 진평강이 범람했고 황토물은 많은 걸 집어삼켰다. 소와 돼지와 차가 급류에 휩쓸려 떠내려가고 건물 1층이 온통 물에 잠겼다.

아빠의 휴대폰을 보지 않았더라면, 폭포에서 돌아가자는 해솔의 말을 들었더라면, 자책과 후회의 말들이 자신을 때릴 때마다 도담은 고개를 저으며 부정했다. 내가 아니라 아빠의 잘못이야. 도담은 거대한 물음표로 남겨진 창석을 원망했다. 창석과 미영은 서로를 정말 사랑했나 아니면 그저 욕망에 도취한 불장난이었나. 그 둘은 어떻게 다른가. 대답을 해 줘야 할 창석은 이제 없었다. 해솔도 사라졌다. 모든 게 제자리에 있던 것 같은 삶에 갑자기 너무 큰 상실이 한꺼번에 들이닥쳐 도담은 정신을 차릴 수 없었다.

도담은 내내 해솔의 연락을 기다렸나. 분명 연락하겠다고 했다. 휴대폰이 없는 해솔이 이사 간 곳을 모르니 연락을 기다리는 수밖에 없었다. 해솔이 보고 싶은 동시에, 고아가 된 해솔의 기분 같은 건 떠올리고 싶지 않았다. 너무 아팠다. 결국 화살은 자신에게 돌아왔다. 항상 품어 온 불안이 현실이 된 끔찍한 기분. 이 모든 게 자신이 습관처럼 했던 불길한 상상 탓인 것 같은 죄책감.

도담은 방문을 걸어 잠갔다. 커터 칼로 팔 안쪽과 허벅지를 그었다. 처음 해 보는 자해였지만 어떤 사람들이, 왜 스스로에게 상처를 내는지 알 수 있었다. 날카로운 통증을 느끼는 순간에는 모든 고통스러운 생각을 잊었다. 상처에 물이 닿아 피와 함께 쓰라림이 번질 때는 묘한 쾌감이 일기도 했다.

"어쩌자고 그랬어, 어쩌자고!"

옆방에서 정미가 술에 취해 울부짖었다. 창석에게 하는 원망인지 도담에게 하는 원망인지 분명치 않지만, 그 말이 도담의 가슴을 옥죄었다. 끅끅 서럽게 흐느끼는 정미의 울음소리가 들려왔다. 그 소리가 듣기 싫어 도담은 이불을 뒤집어쓰고 벽 쪽으로 웅크렸다. 이러다 정미마저 어떻게 될까 봐 걱정됐다. 그러면서 동시에 험한 말을 하는 정미가 밉기도 했다. 만취한 정미는 도담을 노려보며 "너 개랑 연락하면 정말 너 죽고 나 죽는 거야."라고 무섭게 엄포를 놓았다.

다음 날 아침이 되자 정미는 아무 일도 없었던 것처럼 굴었다. 모녀가 마주 앉은 식탁에는 무거운 침묵이 내려앉았다. 도담은 밥이 넘어가지 않았다. 도담은 엄마를 위로할 줄 몰랐고, 정미도 딸을 위로할 줄 몰랐다. 이런 일에는 어떻게 대처해야 하는지 어디서도 배운 적이 없었다. 도담은 정미의 텅 빈 눈을 보는 게 힘들었다. 점점 대화를 피했고 마주치는 것을 피했다.

등굣길에 희진이 도담을 기다리고 있었다. 해솔과 도담이 폭포에 있었다는 사실이 알려지자 창석과 미영에 대한 소문은 도담과 해솔에게까지 손쓸 수 없는 산불처럼 번졌다. 도담과 해솔이 궁전을 드나들었다더라. 도담이 임신했다가 애를 지웠다더라. 그래서 도담이 학교를 한 달 쉰 거고 해솔이 전학 간 거라더라. 도담은 그 악취 나는 상상력에 침을 뱉고 싶었다.

"소문 같은 건 신경 쓰지 마. 금방 잦아들 거야."

다른 반인 희진은 매일 점심시간이면 도담을 찾아와 같이 밥을 먹었고, 학교가 끝나면 하루도 빠짐없이 버스 정류장에서 도담을 기다려 주었다. 도담이 됐다고 해도 결코 혼자 있게 두지 않았다. 도담이 혼자 있고 싶다고 하면 희진은 "어차피 잘 때는 너 혼자 있잖아. 그때까지 같이 있지는 못하니까 참아."라며 도담의 손을 잡았다. 도담이 으슥한 골목에서 담배를 피우기 시작했을 때도 희진은 옆에서 가만히 지켜보며 같이 서 있었다.

학교에서 도담은 특별 취급을 받았다. 수업 시간에 내내 책상에 엎드려 있어도 선생들은 도담에게 뭐라고 하지 않았다. 담임은 출석 일수만 채우라고 했다. 다들 도담을 외면하거나 포기해 버린 것 같았다.

화장실에 다녀오던 도담은 복도에서 마주 오던 아이들과 눈이 마주쳤다. 아이들은 당황한 표정을 감추지 못했고 뱀이라도 나타난 것처럼 최대한 도담으로부터 멀어졌다. 어른들이 쟤는 액운이 꼈으니 어울리지 말라고 했을까. 나는 저들에게 아주 불행한 사람으로 기억되겠지. 그들의 삶이 힘들 때마다 적어도 내게는 저렇게 끔찍한 일은 벌어지지 않았잖아, 나는 행복한 거야, 라고 위안 삼을 만한 불행의 표본이 되었겠지. 온 세상이 자신을 속이고 몰래카메라를 찍는 기분이었다.

다음 날 도담은 학교에 가지 않고 버려진 놀이터 그네에

종일 앉아 있었다. 손톱으로 피가 나도록 손등을 누르며 생채기를 냈다. 해솔은 서울에서 학교에 다니고 있을까. 어디서 무얼 하고 있을까. 혼자 있을 해솔이 걱정됐다. 나처럼 지내면 안 되는데. 도담은 해솔을 걱정할 때만 자기 상태가 나쁘다는 것을 자각했다. 다시 해솔을 보지 못하게 될 것 같아 두려웠다.

"최도담!"

도담을 찾아다니던 희진은 도담을 발견하고 눈물을 글썽였다. 더 이상 생채기를 내지 못하도록 희진이 도담의 손을 꼭 붙잡고 주문처럼 말했다.

"도담아, 다 지나갈 거야. 괜찮아질 거야. 미래만 생각하자. 미래만."

*

도담의 모의고사 성적이 조금 올랐다. 암기하고 문제를 풀고 집중할 때만큼은 잠시라도 나쁜 생각을 잊을 수 있었다. 그래선 안 되는 거였을까. 아이들은 도담을 보고 수군거렸다. 어떻게 그런 일을 겪고도 오히려 성적이 오를 수 있어? 선생들조차 그렇게 생각하는 듯했다. 사람들은 그들이 기대한 만큼 비극을 겪은 사람이 충분히 망가지지 않으면 일부러 망가뜨리고 싶어 하는 것 같았다.

떠들썩했던 소문은 고3 수험 생활과 모의고사에 잦아들었다. 희진의 말처럼 남 이야기를 수군거리는 것은 자신에게 집중할 일 없는 사람들의 가벼운 유흥에 불과했다.

해가 바뀌고 여름이 다시 찾아왔지만 여전히 해솔은 연락이 없었다. 해솔의 연락을 내내 기다리던 도담은 휴대폰의 작은 진동에도 화들짝 놀랐고 환청으로 메시지 도착 소리를 듣기도 했다. 해솔이 정말로 연락하지 말라는 엄마의 말 때문에 연락하지 않는 걸까. 아니다. 그건 말도 안 되는 핑계다. 여름이 오자 도담은 다시 악몽을 꿨다. 어두컴컴한 산에서 창석이 급류에 떠내려가던 그날이 생생하게 재생되는 꿈, 다슬기가 우글거리는 꿈. 도담은 비명을 지르며 깨어나 몸을 떨었다. 그토록 좋아하던 여름이 이제는 오지 않았으면 했다.

정미는 케이크를 만드는 공장에 일을 나가기 시작했다. 마트에서 사람을 상대하는 일보다 공장에서 기계와 빵을 상대하는 게 더 마음이 편하다고 했다. 도담은 그 마음을 잘 알았다. 사람들의 동정 어린 시선 없이, 번잡한 생각 없이 기계처럼 공부하는 게 편했다.

수능을 앞두고 찬바람이 쌩쌩 불던 늦가을, 도담은 혼자 언덕을 넘었다. 어둑한 언덕을 지나는 길에 반딧불이 한 마리가 희미한 빛을 내며 날아갔다. 이전에는 무섭지 않던 어둠이 이제는 무서웠다. 도담은 옥수수를 들고 있는 농부 조각상 앞에 멈춰 섰다. 무표정한데 입만 웃고 있는 얼굴이 도담을 바라봤다. 해솔이 보고 싶었다.

"해솔아."

도담이 어둠 속에서 소리 내어 이름을 불러봤다.

"이해솔."

도담의 목소리가 가냘프게 떨렸다. 들릴 듯 말 듯 저 너머로 사라지는 귀신 새 울음소리처럼.

도담은 해솔과 함께 듣던 귀신 새 울음소리가 그리워 귀를 기울였다. 30분, 한 시간, 추위에 떨면서도 좀처럼 들려오지 않는 소리를 기필코 들어야 한다는 듯이 기다렸다. 뒤늦게 호랑지빠귀가 철새라는 게 기억났고 이미 떠났다는 걸 깨달았다. 불현듯 영영 해솔을 못 보게 되었다는 사실을 실감했다. 자신만 이곳에 버려진 것 같았다. 해솔이 미웠다. 애타게 연락을 기다린 자신이 바보 같았다.

가방을 뒤져 다이어리에 끼워 둔 사진을 꺼냈다. 사진에는 댐을 배경으로 웃고 있는 해솔과 굳은 표정의 도담이 있었다. 해솔의 존재를 아예 없던 것으로 지워 버리고 싶었다. 도담은 주머니에서 라이터를 꺼내 사진에 불을 붙였다. 모서리부터 그을려 가는 사진 속 해솔과 도담의 얼굴이 흉측하게 일그러져 타올랐다. 이제 해솔은 죽은 거나 다름없다고, 해솔도 급류에 떠내려간 것으로 여기기로 했다. 사진은 금세 재가 되어 불씨와 함께 흩날렸다.

창석과 해솔이 세차할 때 찍은 무지개 사진도 있었다. 도담은 사진에 불을 붙이려고 창석의 얼굴에 라이터를 가까이 가져갔다가 놀라서 멈췄다. 평생 뜨거운 불과 싸우던 사람을 또다시 불에 태워 버리려고 한 자신이 끔찍했다. 사진을 다이어리 안 주머니에 넣으며 다시는 이 사진을 꺼내지 않겠다고 다짐했다.

서늘한 바람이 세차게 머리를 헝클고 지나갔다. 정신을 차리고 보니 방금 자신이 저지를 뻔한 일이 무서웠다. 건조하고 바람이 잘 부는 늦가을에는 산불을 조심해야 했다. 주변에 풀숲이 있어 사진을 태우던 불씨가 날려 큰 산불로 번질수도 있었다. 그것은 창석이 알려 준 것이었다. 도담은 양팔을 꽉 껴안았다. 산다는 게 겁이 났다. 자신이 없었다.

"다 지나갈 거야. 괜찮아질 거야. 미래만 생각하자. 미래만."

컴컴한 어둠이 내려앉은 언덕에서 도담은 혼자 중얼거렸다. 크게 심호흡을 하는데 호흡이 떨렸다. 해솔은 이제 볼 수 없고, 불이 나서 소방차가 오더라도, 아빠는 오지 않을 것이다.

10

미영의 1주기에 해솔은 할머니와 외삼촌과 함께 추모 공원
에 갔다. 나이가 들어 거동이 불편해진 할머니와 대중교통으
로는 가기 힘든 곳이라 외삼촌이 차로 태워 줄 때나 같이 갈
수 있었다. 추모 공원 입구에 초록잎이 우거진 나무들이 터널
처럼 길게 이어져 아름다웠다. 나무 터널을 지나자 깔끔하게
조경된 추모 공원이 탁 트인 시야로 펼쳐졌다.

외삼촌은 미영의 보험금으로 서울의 한 오래된 빌라촌에
할머니와 해솔이 함께 살 전세방을 구해 주었다. "마음 굳게
먹고. 이제 정신 똑바로 차리고 네 인생을 네가 책임져야 한
다." 외삼촌은 그렇게 말하며 해솔의 어깨를 두드렸다. 대학교
2학년 등록금까지는 어떻게 할 수 있을 것 같으니 당분간 다

른 생각 말고 수능 공부만 열심히 하라고 했다.

모처럼 바람을 쐬는 할머니는 기분이 좋아 보였다. 여든에 가까운 할머니는 자신의 두 다리로 걸어 세상 구경하는 것을 가장 좋아했다. 살아생전 미영은 해솔의 호기심과 탐구심이 전부 할머니를 닮은 거라고 말하곤 했다. 할머니는 새들도, 나무들도, 꽃들의 이름도 다 알았다. 오목눈이와 박새를 구분하고, 소나무와 잣나무, 진달래와 철쭉도 구분할 줄 알았다. 경로당과 교회와 시장에 부지런히 다녔고 솜씨 좋게 요리도 했다. 직접 담근 김치를 썰어 넣은 얼큰하고 구수한 청국장이 할머니가 가장 잘하는 음식이었다. 처음에는 그 냄새가 싫어 인상을 찌푸리던 해솔은 어느새 청국장만 있어도 밥 한 그릇을 금세 비우게 되었다.

무릎 가까이 오는 미영의 침엽수는 1년 사이 조금 자라 있었다. 해솔은 작은 나무 앞에 무릎 꿇고 절을 하며 조용히 울었다. 커다란 아름드리나무라면 기둥을 한아름 끌어안고 울고 싶었는데, 그럴 수가 없었다.

"시간이 약이다."

할머니는 해솔의 등을 쓰다듬으며 쯧쯧 혀를 찼다. 정말 시간이 약일까. 할머니 말이니까 맞겠지. 할머니는 당신의 부모도 남편도 떠나보냈고 사위도 교통사고로 떠나보냈고 이번에는 딸까지 떠나보냈다. 할머니는 그 아픔들을 어떻게 극복했을까.

"시간이 빨리 가 버렸으면 좋겠어."

해솔이 눈물을 훔치며 말했다. 아직도 랜턴이 켜지던 순간 손의 감촉, 딸깍 하는 소리, 눈부신 빛, 마지막 순간 미영의 표정이 생생했다. 모든 기억이 또렷하고 고통스러워 해솔은 처음으로 자신의 좋은 기억력이 싫어졌다. 그러나 다음 날이 되면 또 자신의 좋은 기억력에 감사했다. 도담과 나눈 모든 대화와 도담의 부드러운 피부의 감촉과 도담의 웃음소리를 되새겼다. 자신이 잊으면, 기억이 사라지면 도담이 사라지기라도 하는 것처럼 잊지 않기 위해 잠들기 직전마다 떠올렸다. 도담을 떠올리면 따라오는 아픔까지도 동전의 양면처럼 늘 함께였다. 해솔은 매일 눈물로 베개를 적셨다.

세 사람은 드넓은 추모 공원을 천천히 걸었다. 1년 전에는 이곳을 바로 볼 정신도 없던 해솔은 한차례 눈물을 쏟은 후에야 미영이 매일 보는 풍경을 둘러볼 수 있었다. 걷는 기운이 쇠약해진 할머니는 자주 멈춰 섰고 해솔이 곁에서 할머니를 부축했다. 그 모습을 지켜본 외삼촌이 걱정하며 말했다.

"엄마, 이제 시장 같은 데 돌아다니지 마셔. 걸음도 시원찮은데."

"그럼 집에 누워만 있으라고? 가만히 있으면 그게 식물이지. 나무가 되는 건 나 죽으면 하라 그래라. 살아 있으면 움직여야지."

할머니는 성을 냈다. 해솔은 할머니의 지팡이가 되어 주고 싶었다. 어서 시간이 흘러 자신에게도 차가 생기면 할머니를 모시고 좋은 곳에 다니고 싶었다.

추모 공원에 다녀온 그날 밤, 해솔은 꿈에서 미영과 내기 배드민턴을 쳤다. 긴 사람이 수영해서 진평강을 건너기로 했는데 해솔이 전력을 다해 기어이 이겼다. 내기에서 진 미영이 강 건너편에서 손을 흔들고 웃으며 두 손을 모아 뭐라고 말했다. 잘 들리지 않았다. 미영이 수영해서 강을 건너기 시작한 얼마 뒤 갑자기 하늘이 어둑해져 비가 내리고 잔잔해 보이던 강의 물살이 거세졌다. 불안해진 해솔이 강에 뛰어들어 다급히 미영에게 손을 뻗었지만 결국 무력하게 손을 놓쳤다. 미영은 급류에 떠내려갔다. 꿈이라는 것을 알았지만 슬픔은 생생했다.

"에구, 또 잠을 못 자고 우는구나."

할머니는 귀가 어두우면서도 해솔의 상태는 귀신같이 알아봤다. 할머니가 고목 껍질처럼 거칠한 손으로 모로 누워 흐느끼는 해솔의 얼굴을 쓰다듬어 줬다. 볼에 닿은 할머니의 주름진 손이 따스했다.

새벽에 옆집 부부가 언성을 높여 싸우는 소리가 들려왔다. 그들은 하루도 빠짐없이 싸워 댔다. 해솔은 귀가 밝고 예민했고 빌라는 방음이 전혀 되지 않았다. 가끔은 해솔도 거 되게 시끄럽네! 하며 벽을 때리고 소리를 지르고 싶었다. 어떻게 그렇게 매번 싸울 에너지가 있는지 신기했다. 그래도 해솔은 징그럽게 싸우면서도 매일 같이 있는 둘이 부러웠다. 노담과 티격태격하던 때가 그리웠다. 백 번 싸우면 도담에게 백 번 져 줄 수 있는데…….

다음 날 해솔은 인터넷 질문 게시판에 올렸던 고민 글을 확인했다. '저는 고아이고 할머니와 둘이 살고 있는데 군 면제 자격이 되나요?' 답변 란에는 13세 이전에 부모가 사망한 경우여야 한다며 모두 해솔이 면제 사유에 해당하지 않는다는 말들뿐이었다.

"군대 가면 할머니 걱정돼서 어떡해."

해솔은 할머니에게 속 이야기를 뭐든 말했다. 할머니는 귀가 잘 들리지 않았기 때문에, 스스로에게 하는 혼잣말에 가까웠다.

"응? 뭐라구?"

"보청기 쓰라니까, 좀."

할머니에게는 비밀이 없었다. 간혹 알아듣더라도 할머니는 반대하는 일 없이 무조건 해솔의 편이었으니까.

"도담이 보고 싶어."

해솔은 할머니에게 도담에 대한 그리움도 털어놓았다. 해솔은 언젠가 준비가 되면, 정미가 생각하는 불행의 그림자가 걷히게 되면, 도담에게 다시 찾아가는 상상을 매일 했다. 그게 어떤 모습인지 구체적이진 않았지만 고등학생인 지금은 세상에서 할 수 있는게 없이 너무나 무력했다. 가끔은 할머니가 못 알아들으면 아무도 내 말을 들어주지 않는 거구나, 싶어 답답하고 화가 나기도 했다. 그러나 대부분은 할머니 귀가 잘 들리지 않아 다행이라고 여겼다. 혼잣말처럼 속내를 이야기하고 악을 쓰고, 그렇게라도 풀지 않았으면 병이 났을 거였다.

*

한파에 강물이 얼어붙은 어느 겨울날, 할머니가 크게 다쳐 구급차에 실려 갔다는 연락을 받고 해솔은 병원으로 달려갔다. 교회를 다녀오던 할머니는 빙판길에서 미끄러져 넘어졌다. 할머니의 긁히고 깨진 얼굴 상처를 보고 해솔은 속이 상해 어린아이처럼 울음을 터뜨렸다. 가슴이 찢어지는 것 같았다. 아이고오— 할머니는 아프다고 내는 우는 소리조차 힘없고 느렸다. 늘 조심하라고 했는데. 해솔은 교회가 원망스러웠고 하늘이 원망스러웠다. 그러다가 결국 자신을 원망했다. 위험할 수 있다는 걸 미리 생각하고 밖에 나가지 못하게 했어야 했는데. 나 때문이야. 해솔은 자신의 죄 때문에 아무 잘못 없는 할머니가 벌을 받게 된 것만 같았다.

그날 이후 할머니는 다시 일어나 걷지 못했다. 의사는 할머니가 고관절에 골절을 입었다고, 이제 나이가 있어 몸이 약해 뼈도 안 붙고 수술은 힘들다고 했나. 외삼촌은 요양원에 할머니를 모시자고 했다. 할머니는 서서 걷지는 못하지만 앉을 수는 있었다. 휠체어를 밀고 산책할 수 있었다.

"이제 영영 못 걷겠구나."

"다시 걸을 수 있어. 왜 못 걸어."

할머니는 해솔을 보고 서럽게 울었다. 그럴 수 없다는 걸 알면서도 해솔은 그렇게 말했다. 요양원에 가기 전 할머니는 한동안 꼼짝하지 못하고 집에 누워만 있었다.

"내 처지가 꼭 식물 같다. 이렇게 산송장같이 살아서, 죽지도 않아서 어쩌냐."

"할머니, 그런 소리 하지 마. 할머니 없으면 난 어떡하라고."

시간이 아주 느리게 갔으면 좋겠어……. 해솔은 할머니를 많이 주무르고 살을 부비고 사랑한다고 말했다. 할머니가 없었다면 정말 자신은 어떻게 됐을지도 몰랐다.

요양원에 입원하던 날, 할머니는 해솔의 손을 잡고 당부했다.

"너를 미워하지 마라. 언제나 이 할미가 너를 위해 기도하고 있다는 걸 잊지 마라."

11

"도담 선배, 저 이번에 춘천 가는데, 토박이들만 아는 진짜 맛집 좀 추천해 줘요."

"진짜 맛집? 그런 게 어딨어. 닭갈비 골목 다 맛있어."

스물한 살의 초여름, 대학교 2학년이 된 도담은 영화 동아리에서 쾌활하게 잘 웃고 어두운 면이라고는 찾아보기 힘든 학생이었다. 대학교에 입학했을 때 도담은 자신이 춘천 출신이라고, 아빠는 폐암으로 돌아가셨다고 둘러댔다. 서울에 온 뒤 도담은 조금씩 웃을 수 있었다. 그런 일을 겪고도 어떻게 웃을 수 있냐는 진평의 시선에서 벗어나서였다. 정미와는 드물게 연락했다. 정미와 마주하는 한 진평을 떠올리지 않을 수 없었고 정미에게도 도담의 존재가 그럴 것이었다. 한 가지 다행인 건 정미의 기침이 멎고 건강을 회복한 점이었다. 사람들 말대로 분노가 오히려 삶의 의지를 북돋운 걸까. 정미는 몸을 써야 한다며 쉬지 않고 일했다.

퀴퀴한 냄새가 나는 동아리 방 벽에는 회장인 무경이 붙여 놓은 영화 「올드보이」 대사가 보였다. '웃어라, 온 세상이 너와 함께 웃을 것이다. 울어라, 너 혼자 울 것이다.' 도담은 그 말을 실천하고 있었다. 진평도 해솔도 전부 지우고, 남들처럼 평범하게 살고 싶었다. 불현듯 해솔이 떠오를 때가 있었다. 자려고 눈을 감았을 때, 샤워를 할 때, 횡단보도에서 신호를 기다릴 때. 그럴 때마다 입술을 깨물며 해솔에 대한 생각을 흩트렸다. 생각해 봤자 달라지는 건 없고 마음만 아플 뿐이었다.

*

동아리에 들어오기 전 1학년 때, 도담은 네 계절을 술로만 보냈다. 해솔이 보고 싶을 때면 도담은 술을 마셨다. 마음에 커다란 구멍이 생겨 그곳으로 자신의 밝은 모습이 전부 빠져 나가 버린 것 같았다. 종종 취한 채 밤늦도록 하염없이 한강을 거닐었다. 다리 위에서 검은 강물을 내려다볼 때마다 뛰어들고 싶어지는 충동이 무서웠다. 강물에 뛰어내린 자신의 시신을 수습할 소방관이 있을 거란 사실을 생각하면 뛰어들고 싶던 충동이 차갑게 식곤 했다.

그런 도담에게 적극적으로 잘해 주고 다가오던 남자가 있었다. 신입생 환영회에서 사발식을 할 때부터 도담의 흑기사를 자처했던 선배 태준이었다. 그는 도담을 두 달간 쫓아다녔다. 도담은 자신보다 두 살 위인 태준이 세상을 훨씬 많이 아는 어른처럼 느껴졌다. 적극적인 태준의 고백에 도담은 고개를 끄덕였다. 그에게 반하지는 않았지만 도담은 혼자 외로웠고 이 외로움을 틀어막을 수 있다면 뭐든지 하고 싶었다.

"너는 나한테 좀 벽을 두는 것 같아. 언제쯤 마음을 열 거야?"

만난 지 한 달째 되던 날, 부드러운 태준의 목소리에 도담은 덜컥 뭔가를 들킨 것만 같았다. 마음을 열지 않는다는 게 정확히 무슨 말인지 몰랐다. 하지만 상대가 그렇게 느낀다면 자신에게 뭔가 문제가 있는 것 같았고 어떻게 하면 상대가 그렇게 느끼지 않도록 할 수 있는지 감이 오지 않았다. 나의 모든 비밀을 말하면 되는 걸까. 그렇게 나누고 열면 될까. 도담은 용기를 내 진평에서의 일을 태준에게 털어놓았다. 하지만 이야기를 들은 태준의 눈빛은 도담에게 쏟아지던 진평의 눈빛들과 닮아 있었다. 이후 태준의 연락은 눈에 띄게 뜸해졌고, 결국 태준은 비겁하게 눈을 피하며 도담에게 이별을 통보

했다.

"네 어두운 그늘까지 사랑해 주지 못해서 미안해."

그 말을 들으니 해가 내리쬐는 한낮인데도 어두운 그늘이 지는 듯했다. 도담은 목적 없이 캠퍼스를 걸었다. 소나기가 쏟아졌다. 갑작스러운 비에 우산 없는 남학생들이 저들끼리 욕설을 뱉고 웃으며 뛰어갔다. 그들이 어리게 느껴졌다. 그들과 비슷한 나이인 태준은 남들처럼 추억을 만들고 웃고 즐기는 연애를 바랄 뿐이었다. 상대방의 지옥을 짊어진다는 선택지는 없었다. 연애라는 건 상대방이라는 책을 읽는 거라고, 그렇게 두 배의 시간을 살 수 있는 거라고, 태준은 말한 적이 있었다. 도담은 자신이 펼치고 싶지 않은 책, 끝까지 읽고 싶지 않은 책처럼 느껴졌다. 전부 말뿐이었다. 그렇게 좋아하지도 않은 태준에게 자신이 그토록 상처를 받은 게 놀라웠다.

도담은 외로움이 사람으로 하여금 얼마나 잘못된 선택을 하게 만드는가 생각했다. 진평 사람들은 과부인 미영이 외로워서 그런 거라고 했다. 아빠도 외로웠나. 내가 있고 엄마가 있는데 뭐가 그렇게 외로웠나. 도담은 다짐했다. 외롭지 않아야 한다. 외로우면 약해지고 쉽게 빠질 수 있다. 주변에 사람을 두고 혼자가 되지 말아야 한다. 얄팍하더라도 사람들 곁에 있어야 한다.

무엇이든 몸에 해로운 것을 하고 싶었다. 더 독한 담배를 피우고 독한 술을 마셨다. 아빠에게, 그리고 엄마에게 복수하는 기분이었다. 일단 도담이 자신을 망가뜨리려 하자 그 일을 도와줄 사람들은 넘쳐났다. 상처 입은 사람의 냄새는 애써 덮고 감추어도 눈빛에서, 걸음걸이에서, 온몸에서 뿜어져 나오는 것 같았다. 도담이 외롭다는 것을 감지하고 남자들은 어디선가 나타나 접근했다. 시체를 뜯어 먹으려고 강바닥에 숨어 있다 모여드는 다슬기처럼. 도담은 그들과 술을 마셨다. 사람들은 생각보다 누군가에게 쉽게 빠졌고 쉽게 좋아한다고 고백했다. 도담은 고백해 오는 사람들을 믿지 않았다.

어차피 내가 누군지 알게 되면 나를 싫어하게 될 거야.

도담에게 사랑은 급류와 같은 위험한 이름이었다. 휩쓸려 버리는 것이고, 모든 것을 잃게 되는 것, 발가벗은 시체로 떠오르는 것, 다슬기가 온몸을 뒤덮는 것이다. 더는 사랑에 빠지고 싶지 않았다. 왜 사랑에 '빠진다'고 하는 걸까. 물에 빠지다. 늪에 빠지다. 함정에 빠지다. 절망에 빠지다. 빠진다는 건 빠져나와야 한다는 것처럼 느껴졌다.

대신 도담은 냉소에 빠졌다. 결국 상처를 주고받게 되는 소통보다 침묵을 더 신뢰했다. 심각하지 않고 한없이 가벼워지고 싶었다. 자해와 같은 만남들이 이어졌고 외로움은 커져만 갔다. 쉽게 만나던 도담이 쉽게 떠나면 그들은 도담에게 무서운 사람이라고, 그렇게 살지 말라고, 네가 제대로 된 사랑을 배우지 못해서 그런 거라고 했다. 도담에게 천벌을 받을 거라고 비난하는 사람도 있었다. 도담은 그 말을 비웃었다. 아무것도 모르면서. 천벌이라면 이미 받았다.

*

"야, 초저녁부터 왜 이렇게 달렸어."

1학년 여름방학의 무더운 어느 날, 학교 앞 단골 술집에서 혼자 소주 두 병을 비운 도담을 보고 예지가 말했다. 동기인 예지는 술자리가 있으면 결코 빠지는 일 없는 술친구였다. 예지가 도담의 잔을 채워 준 뒤 자기 잔에도 술을 따르며 말했다.

"뭔데. 갑자기 번호는 왜 바꾸고."

오늘은 술을 마시지 않고는 견딜 수 없었다. 매미가 미친 듯이 울어 대는 창석의 2주기였다. 아침부터 정미에게서 전화가 왔었다. 평소 잘 연락하지 않았지만 모처럼 연락해 와서 창석을 보러 같이 안 가는 도담을 비난했다. 도담은 시간이 안 된다고 거짓말했다. 정미가 한숨을 내쉰 뒤, 네 아빠가 나한테 잘못했어도 너한테 뭘 그리 잘못했니, 라고 따져 물었다.

엄마는 아빠를 용서했나. 정미는 오로지 창석의 잘못만 있었고 도담은 아예 그곳에 없던 것처럼 굴었다. 엄마는 정말 그렇게 믿기로 했나. 그편이 더 나은가. 정미는 도담의 다친 마음을 살피거나 위로하는 말은 한 번도 하지 않았다. 도담은 정미가 이상해도 따지지 않았다. 창석에 대한 얘기는 하고 싶지 않았다. 어쩌자고 그랬냐는 정미의 외침을 떠올리면 몸이 굳어 싸울 수 없었다.

도담은 세상 어디선가 미영의 기일을 맞이했을 해솔을 떠올릴 수밖에 없었다. 술을 마시고 자해했을 때도 해솔을 떠올렸다. 해솔은 어떻게 견디며 살아가고 있는지. 아니면 아무렇지 않은지. 어떻게 그럴 수 있는지.

불볕더위로 쓰러질 것 같은 한낮에 캠퍼스를 걷고 있는데 모르는 번호로 전화가 걸려 왔다. 도담은 자리에 우뚝 멈춰 섰다. 기일이었으므로, 해솔이라는 예감이 강하게 들었다. 2년 만이었다. 언젠가는 연락이 오리라고 믿고 있었다. 심호흡을 하고 떨리는 마음으로 전화를 받았다. 최신 휴대폰으로 바꿔 주겠다는 광고 전화였다. 부아가 치밀었다. 도담은 욕을 퍼붓고 휴대폰을 집어던졌다. 여전히 기대하고 실망하는 자신이 싫어서 곧장 대리점으로 가 충동적으로 번호를 바꿨다. 메일 주소도 바꿨다. 해솔이 어떻게도 연락할 수 없게 희망의 숨통을 끊어 버렸다.

술집 스피커에서 흘러나오고 있는 가요를 예지가 홍얼홍얼

따라 불렀다. 사랑이 어떻고, 그대가 어떻고 하는 사랑 타령으로 가득한 가요였다. 도담은 어디에서도 사랑이라는 말을 듣기 싫었다. 누가 사랑이라는 치사한 말을 발명했을까. 자신조차 설명하기 어려운 마음을 두 글자로 퉁치는 것처럼, 사기처럼, 기만처럼 느껴졌다. 사랑 노래 가사를 들으면 유치하다고 생각하면서도 해솔이 떠오르는 것도 싫었다.

사랑이면 다 되는 걸까. 도담은 술을 마시며 창석을 생각했다. 엄마는 내가 해솔과 만나서는 안 된다는데 아빠는 어떻게 생각하냐고 묻고 싶었다.

"예지야, 넌 감정에도 정당함이 있다고 생각해?"

술에 취한 도담이 예지에게 물었다.

"감정에 정당함이 있냐고? 그게 무슨 뚱딴지같은 소리야."

예지는 술이나 마시라는 듯 도담의 잔에 술을 채웠다. 해솔이었다면, 이 물음에 대해 밤을 새워 이야기를 나눴을 텐데. 도담은 소주를 연거푸 들이켰다. 오늘따라 더 빠르게 술을 마셨다. 필름이 끊기고 싶었다. 예지가 그런 도담을 보고 말했다.

"넌 가만 보면 어떻게 하면 너를 더 괴롭게 할까 연구하는 애 같더라."

예지는 도담을 안쓰럽게 바라봤다. 스피커에서 흘러나오는 아이돌 그룹의 사랑 노래를 천진하게 따라 부르는 예지에게는 태준이 말했던 그늘이 없어 보였다. 예지는 필사적으로 몸 부림치지 않아도 저절로 떠오르는 양성 부력의 세계에 살고 있는 듯했다. 반면 도담은 지금 자신이 무거운 납덩이를 매단 것처럼 계속 가라앉는 음성 부력 상태인 것 같았다. 아빠는 이런 나를 보면 뭐라고 할까. 창석이 했던 말이 떠올랐다. '아빠는 도담이가 중성 부력에서처럼 평온하고 자유롭게 살면 좋겠다.'

이번에는 스피커에서 90년대 댄스곡이 시끄럽게 흘러나왔다. 시대가 장르가, 가수가 달라져도 가사는 사랑, 사랑, 온통 사랑. 도담은 만취해서 소리를 질렀다.

"노래 꺼! 노래 좀 끄라고!"

"미친년아, 왜 그래."

도담은 매순간 분열했다. 낮에 웃고 지내도 밤에 불을 끄고 누우면 슬픔과 우울이 찾아왔다. 취하면 무뎌지고 시간을 마음껏 탕진하는 기분이 들었고 그게 좋았다. 점점 의식을 놓아 버릴 기세로 마시며 굴러떨어지는 기분에 의존했다. 세상이 빙빙 돌았다.

*

같은 날, 그러니까 미영의 2주기 날 해솔은 대학교 도서관이 닫을 때까지 종일 책에 파묻혀 있었다. 할머니도 없는 빈 집에는 돌아가고 싶지 않았다. 최대한 늦게 가고 싶었다. 해솔은 약대에 합격했다. 곁에 있었다면 합격 소식을 듣고 누구보다 좋아했을 미영과 도담이 생각나 기쁠 새도 없이 슬펐다. 할머니는 이제 우리 손주가 약사 선생님이라며 안아 주었다. 깡마른 할머니의 몸은 아이처럼 가벼웠다.

대학에 간 해솔은 술을 조금도 입에 대지 않았다. 해솔은 그날 폭포에서의 일을 끊임없이 복기했다. 영문을 모르고 급 발진한 자동차처럼 갑자기 랜턴을 켜 버렸던 자신의 모습을. 자신의 안이함이 두려웠다. 그런 끔찍한 실수를 반복하지 않으려면 늘 앞을 예측하고 예민하게 깨어 있어야 한다고 생각했다.

학교를 나선 해솔은 정처 없이 헤맸다. 오늘은 엄마가 미친 듯이 보고 싶었다. 해솔은 거센 바람이 부는 한강 다리 위에 올라가 깊이를 모르게 검은 강물을 한참 동안 바라봤다. 가끔 해솔은 자신을 미워하는 마음의 바닥까지 파고들었고 심할 때는 자신이 살아갈 가치가 없는 존재처럼 느껴졌다. 할머니와 도담을 걱정하고 생각할 때만 자신을 미워하는 일을 멈췄다. 도담을 그리워하고 다시 보게 될 날만 꿈꾸며, 그 희망으로 버틸 수 있었다.

해솔은 도담에게 달려가고 싶었다. 도담에게 닿을 수만 있다면 어디든 달려갈 수 있는데 도담이 어디에 있는지를 몰랐다. 튼튼한 두 다리가 쓸모없게 느껴졌다. 그럴 때면 자신의 다리를 할머니에게 주고 싶다는 생각이 들었다. 건강을 나눌 수만 있다면, 자신이 달리지 못하게 되더라도 할머니가 다시 걸을 수 있으면 좋겠다고 생각했다.

한 번 노담을 띠올리자 도담에게 연락하고 싶은 마음이 요동쳤다. 목소리만이라도 듣고 싶었다. 그러나 정미의 말이 선명하게 떠올랐다. '너희는 악연이야. 얽혀서 좋을 게 없어.' 해솔은 꾹 참았다. 사고 이후 해솔은 이성이 아닌 감정을 따르는 것을 스스로에게 엄격하게 금지했다. 감정을 따르면 그 결과가 참혹하리라고 믿었다.

어둑해져 돌아온 텅 빈 집에는 할머니가 늘 틀어 두던 텔레비전 소리도 없이 적막만이 감돌았다. 혼자라는 생각이 들자 걷잡을 수 없는 외로움과 그리움이 파도처럼 밀려들었다. 잘 버텼는데. 잘 참았는데. 해솔은 휴대폰을 꺼내 도담의 이름을 찾았다. 그동안 엄두가 나지 않던 일이었다. 저지르듯 통화 버튼을 눌렀다.

"지금 거신 전화는 없는 번호입니다. 다시 확인하신 후 걸어 주시기 바랍니다."

기계적인 안내음이 흘러나왔다. 이 세상에서 도담이 증발해 버린 것 같았다. 도담에게 무슨 일이 생긴 건지 걱정이 됐다. 뒤이어 도담이 연락처를 바꿨다는 생각에 충격을 받았다. 자신의 연락을 기다리지 않았다는 사실에도. 나를 미워하고 있구나. 미워할 만했다. 아무 말이 없던 도담의 붉은 눈이 떠올랐다. 붙잡고 있던 희망이 끊어진 기분이었다. 해솔은 자신이 이대로 평생 혼자일 거라는 생각에 사로잡혔다.

해솔의 시계는 멈춰 버렸다. 기계처럼 수업에 출석하고 암기를 하고 시험을 보고 학점을 채우며 아무것도 느끼지 못하는 동안에도 세상은 흘러갔다. 젊음으로 가득한 캠퍼스에서 해솔은 매일 죽음에 대해 생각했고 이미 아주 늙어 버린 기분이었다. 강의하는 노교수보다도 더. 죽음을 망각하고 영원히 살것처럼 구는 게 젊은이들의 특권이라면 해솔은 젊음을 잃어 버렸다.

*

도담은 매일 도서관 멀티미디어실에 틀어박혀 닥치는 대로 영화를 봤다. 극장에는 가지 않았다. 영화가 시작되기 전 극장에 불이 꺼지고 컴컴한 어둠에 잠기는 순간이면 불안하고 무서웠다. 스크린에 빛이 쏘아지기 전, 남들은 설렌다고 말하는 그 순간이. 그러나 영화는 좋았다. 이야기 속에 파묻혀 자신의 이야기를 덮고 싶었다. 3자의 눈으로 멀리서 바라보면 고통이 조금은 견딜 만했다. 어느 날은 남편이 사고로 죽은 여자가 나오는 영화를 봤다. 그 알코올 중독인 여자가 술에 취해 낯선 남자들을 만나는 게 자기 모습 같아서, 자신의 존재가 고작 클리셰 덩어리 중 하나인 것 같아서 킥 하고 웃었다.

"안녕하세요. 저는 영화 동아리 '그림자 빛' 회장 신무경이라고 하는데요."

새 학기가 시작된 따스한 봄날, 도담이 도서관 앞에서 담배를 피우고 있는데 한 남자가 다가와 말을 걸어 왔다. 얼굴이 낯이 익었다. 학기 중에도 방학 중에도 매일 멀티미디어실의 같은 자리에 앉아 영화를 보고 뭔가를 쓰던 남자였다.

"저희가 매년 방학 때 단편영화 워크숍을 하거든요. 혹시 영화 찍어 보실 생각 없으세요?"

무경은 주머니에서 명함을 꺼내 건넸다. 그는 쑥스럽게 웃으며 동아리 회장이 대단한 감투라서 명함을 만든 건 아니라고, 명함이 장소 섭외할 때 유용하다고 덧붙였다.

"저는 영화 어떻게 찍는지 전혀 모르는데요."

도담의 말에 그는 싱긋 웃었다.

"괜찮아요. 부담 갖지 말고 한번 동아리방에 와 보세요."

영화 동아리방은 학생회관 2층에 있었다. 밴드부의 드럼 소리, 풍물패의 꽹과리 소리, 클래식 기타, 피아노, 온갖 악기 소리가 들려오고, 벽에 만화가 한가득 그려진 학생회관 계단을 오르며 도담은 캠퍼스 안에 다른 세상이 존재한다는 걸 알게 됐다. 동아리 사람들은 자신들도 아마추어고 함께 만들어 나가면 된다고 걱정하지 말라며 환대해 주었다. 격식이 없고 자유로운 분위기가 마음에 들었다. 의미 없이 오가던 학교가 재미없던 차였다.

동아리에는 술과 영화에 빠진 괴짜들이 많았다. 일주일에 두 번 동아리방에 모여 제작 세미나를 했고 그때마다 술자리가 새벽까지 이어졌다. 도담은 무경을 따라 종로에 있는 극장에서 상영하는 예술영화 기획전을 다녔다. 무경은 영화에 대해 해박했고 그와 나누는 대화가 즐거웠다. 그와 함께 앉아 있으면 극장에 불이 꺼지는 순간도 조금은 견딜 만했다. 이전까지 영화를 보는 건 오로지 혼자 하는 것이었는데, 다른 이와 감상을 나누는 재미를 느꼈다. 동아리 사람들과 다 함께 전주 영화제에 가서 하루에 세 편의 영화를 보고 새벽에도 졸면서 영화를 보기도 했다. 어느새 도담은 동아리 모임 날을 기다렸다. 냉소와는 거리가 먼 뜨거운 사람들, 그들이 좋아졌다. 그곳에서 도담은 불행을 잠시 잊을 수 있었고 잘 웃는 사람이 되어 갔다. 영화를 분석하고 시나리오 세미나를 하기도 했다. 도담은 세미나를 진행하는 무경의 말에 매료되었다.

"실제 삶에서 우리는 존재 이유를 찾기 어렵지만 극 중 등장인물은 존재 이유가 명확하잖아. 그래서 나는 이야기가 좋아."

어느 날 도담은 무경과 둘이 극장에 나란히 앉아 영화 상
영을 기다리고 있었다. 극장이 어둠에 잠겼을 때, 무경이 도담
의 손을 잡았다. 어둠 속에서 도담이 무경의 까만 눈동자를
마주 봤다. 자신이 어둠을 두려워하는 걸 알아채고 무경이
손을 잡아 준 것만 같았다. 도담도 무경의 손을 꼭 잡았다.

12

2009년

스물한 살의 겨울, 해솔은 아르바이트를 여러 개 하고 있었다. 과외를 끝내고 나면 곧장 학교 인근 호프집으로 가 일을 했다. 화려하게 장식된 크리스마스트리와 울려 퍼지는 캐럴로 대학가는 연말 분위기가 가득했다. 여느 때처럼 시끌벅적한 술자리의 소음 속에서 정신없이 서빙하던 해솔은 익숙한 웃음소리를 들었다. 도담의 웃음소리였다. 멍해져서 가게 안을 둘러보았다. 이제 환청까지 다 듣는구나. 해솔은 잔을 닦으며 생각했다. 그러나 한 번 더, 도담의 목소리가 선명하게 들려왔다.

해솔은 단체로 온 대학생들 사이에 앉아 있는 도담을 알아봤다. 단발머리에 옅은 화장을 한 도담은 진평에서 보던 것과는 다르게 보였지만 여전히 아름다웠다. 시간 때문인지, 아니면 화장 때문인지 그렇게 인상이 도회적으로 바뀔 수 있다는 게 놀라웠다. 사람들 사이에서 도담은 밝게 웃고 있었다. 지난날의 상처 같은 건 모른다는 듯 행복해 보였다. 꿈같은 상황에 놀란 해솔의 가슴이 사정없이 뛰었다. 도담의 옆에 앉은 남자는 도담과 두 눈을 맞추며 대화했고 사람들 앞에서 도담의 어깨를 자연스럽게 토닥였다. 둘은 연인처럼 보였다.

겨울방학이 되어 단편영화 촬영을 마친 날, 도담은 이미 잔뜩 취한 동아리 부원들과 함께 2차로 호프집에 왔다. 모두 기분 좋게 취한 가운데 무경은 술을 입에 대는 시늉만 했다. 3학년인 무경에게 워크숍 작품은 본격적으로 취업 준비를 하기 전 태우는 마지막 불꽃 같은 것이었다. 처음 감독 역할을 한 그는 흥분이 가시지 않은 모양인지 뒤풀이 자리에서도 긴장을 놓지 못하고 있었다. 그도 그럴 것이, 무경은 후배들도 챙기고 빌렸던 촬영 장비와 스타렉스도 책임지고 반납해야 했다. 도담은 무경의 그런 모습이 듬직했다. 뼈가 시릴 정도의 추위에 촬영하느라 다들 고생했는데도 훈훈한 분위기가 감돌았다. 도담이 옆에 앉은 무경에게만 들리게 말했다.

"고마워."

"응? 뭐가?"

"동아리에 초대해 줘서……. 덕분에 좋은 기억을 갖게 된 것 같아. 즐거웠어."

도담이 조금 쑥스러워하며 마음을 전했다. 무경이 도담의 얼굴을 빤히 바라봤다.

"너도 우리 동아리 부원이잖아. 무슨 잠깐 왔다 갈 손님처럼 말한다?"

"그러게……."

당황한 도담은 멋쩍게 웃었다. 언제부터 나는 겉도는 사람이 되었나.

"자, 우리 오늘 밤새 마시고 기차 타고 엠티 가자!"

무경이 호기롭게 부원들에게 제안했다. 흥이 오른 부원들도 저마다 한마디씩 했다.

"갑자기?"

"미쳤어. 종일 영화 찍고 밤새 술 마시고 엠티 가자고?"

"어디로?"

"기차 타고 엠티면 진평이지. 우리 큰아버지 이번에 진평 내려가셔서 펜션 하신다 말했나?"

"와! 다 가는 거죠?"

"응, 한 명도 빠짐없이 가야지."

"아니다. 우리 그냥 스타렉스 연장해서 차 타고 가자"

도담은 진심으로 이 충동적인 일에 동참하고 싶었다. 진평. 그곳에 뭐가 있다고, 아직도 발작적으로 반응하는 게 우스운 일인 것도 알았다. 아무렇지도 않게 다녀오면 정말 아무렇지 않아질 것도 같았다. 아무 일도 없었던 것처럼 진평에 가서 신나게 놀고 쥐하면……. 그러나, 의시와 틸리 미릿속에서는 몇 년 전 진평에 엠티를 왔던 대학생들의 통곡 소리가 울렸다. 자신과 눈이 마주쳤던 물에 빠져 죽은 대학생의 부릅뜬 눈이 떠올랐다. 표정이 굳은 도담을 발견한 무경이 "어디 안 좋아?" 하고 물었다. 도담은 미소 지으며 고개를 저었다. 분위기를 깨고 싶지 않았다. 방금까지 기분 좋을 정도로 돌던 쥐기가 달아나 버렸다.

도담이 화장실에 가겠다며 자리에서 일어섰다. 술집 바깥의 화장실에서 도담은 거울을 보며 머리를 매만지고 립글로스를 새로 발랐지만 표정만은 복잡했다. 신난 부원들 사이에서 도담은 혼자 외로웠다. 담배를 피우러 건물 밖으로 나오자 새벽의 대학가에는 짙은 안개가 자욱했다.

해솔은 도담이 다 잊고 새로운 삶을 사는 것처럼 행복해 보이는데, 자신이 괜히 아픈 기억을 헤집는 건 아닐까 망설였다. 그러나 떠들썩한 와중에 진평으로 엠티를 가자는 남자의 말이 해솔의 귀에 박혔고, 해솔은 본능적으로 도담의 표정을 살폈다. 멀리서 본 도담은 뭔가를 참고 있는 듯했다. 남들에겐 보이지 않아도 해솔에게는 보였다. 굳은 표정으로 도담이 밖으로 나가는 모습도 지켜봤다. 해솔은 한참을 망설이다가 뒤따라 나갔다.

"도담아."

담배에 불을 붙이고 있던 도담이 해솔의 목소리를 들었다. 꿈결 같은 목소리에 고개를 돌린 도담은 해솔을 보고 너무 놀라 그 자리에 얼어붙었다. 두 사람은 눈을 맞춘 채 한동안 숨도 쉬지 못했다. 도담이 굳은 얼굴로 물었다.

"어, 어떻게 된 거야?"

"나 여기서 일해. D대 다녀."

해솔은 호프집 유니폼을 입고 있었다.

"나는 B대 다녀."

해솔은 도담의 말을 듣고 놀랐다. 도담이 다니는 대학은 바로 옆 학교였다. 버스를 타고 10분, 걸어서 30분이면 갈 수 있는 가까운 거리였고 해솔은 그 캠퍼스를 걸었던 적도 있었다.

도담은 담배를 피우지도 않고 어색하게 계속 들고 있었다.

"나도 한 대 줄래?"

해솔이 물었다. 도담이 해솔에게 담배 한 개비를 건네고 불을 붙여 줬다. 불을 붙이기 위해 해솔이 도담 쪽으로 몸을 가까이 기울였다. 한눈에 봐도 처음 피워 보는 듯 해솔의 담배 쥐는 모양새는 어설펐다. 두 사람은 잠시 말없이 담배 연기를 내뿜었다. 두 사람이 뿜는 연기가 공중에서 닿았다가 흩어졌다.

"옆에 있던 사람은 남자 친구야?"

".......응."

"좋아 보인다. 다행이야."

해솔이 어색하게 미소 지었다. 도담의 표정은 여전히 딱딱하게 굳어 있어, 무슨 생각을 하는지 알 수 없었다. 놀라고 당황한 듯했고 반가운 기색은 찾아볼 수 없었다. 힘든 기억을 떠올리기 싫은 걸까. 해솔은 초조했다. 어색한 시간이 흘러갔다. 무거운 침묵 끝에 도담이 무언가 말을 꺼내려고 했다. 그때,

"도담아."

무경의 목소리였다. 술집에서 나온 무경이 도담과 해솔을 번갈아 바라봤다.

"안 오길래 걱정돼서."

"나, 가 볼게."

도담이 해솔에게 말했다. 도담은 아직 남은 담배를 비벼 끄고 급하게 무경을 따라 들어갔다. 무경이 도담에게 물었다.

"아는 사람이야?"

"아니, 그냥 수업 같이 들었던 사람."

도담은 무경의 눈치를 봤다. 해솔은 도담을 곤란하게 만들고 싶지 않았다. 무경은 해솔을 흘끔 보기는 했지만 더는 신경 쓰지 않았다.

"다 마신 것 같은데 3차 가자."

무경이 도담의 어깨를 감싸고 웃으며 말했다. 도담은 해솔을 잠시 돌아봤지만 그뿐이었다.

해솔은 우두커니 서서 그 모습을 지켜봤다.

13

그날 밤 해솔은 도담의 모습이 아른거리고 심장이 뛰어 한숨도 잠을 이루지 못했다. 바보 멍청이. 해솔은 도담의 번호를 묻지 않은 것을 후회했다. 무슨 과에 다니는지, 재수를 했는지, 몇 학년인지도 몰랐다. 그래도 다행이었다. 이제 어느 학교에 다니는지 알기에 찾을 수 있었다. 걸어갈 수 있는 거리였다. 밤을 꼴딱 새우고 아침이 되자 기다릴 수 없었다. 도담이 보고 싶었다. 당장 도담을 만나야 했다. 해솔은 걸음을 옮겼다. 튼튼한 다리로 도담을 향해 달려갔다. 가슴이 두근거렸다. 모처럼 살아 있다는 기분을 느꼈다.

해솔은 도담이 다니는 대학교 정문 앞에 무작정 서 있었다. 학교가 방학 중이라는 사실은 생각할 겨를도 없었다. 칼

바람이 불었고 정신을 잃을 것처럼 날이 춥고 흐렸다. 종일 서서 기다리면서 해솔은 지난밤 도담의 굳은 표정을 떠올렸다. 나를 보고 싶지 않은 걸까. 계절학기 수업이 끝날 때마다 학생들이 삼삼오오 쏟아져 나왔다. 점심시간이 되자 더 많은 학생들이 우르르 나왔다. 눈을 씻고 찾아봐도 도담의 모습은 보이지 않았다. 저들 중 아무나 붙잡고 혹시 도담을 아냐고 묻고 싶었다. 점점 절망스러웠다. 자신의 무모함이 한심했다. 점심시간도 한참 지나고 해솔의 배에서 꼬르륵 소리가 났다. 하지만 자리를 비우면 그사이에 도담이 지나갈 것만 같았다.

추위에 떨며 한참을 기다린 오후, 쏟아져 나오는 수많은 인파 속에서 해솔은 결국 도담을 찾아냈다. 도담도 학생들이 몰려나가는 가운데 우뚝 서 있는 해솔을 한눈에 알아봤다. 해솔의 눈이 퀭한 것만큼이나 도담의 얼굴도 초췌했다.

"여기서 뭐 해?"

도담이 물었다.

"기다렸어."

두 사람이 말을 할 때마다 흰 입김이 생겨났다.

"기다렸다고?"

"어제 번호를 못 물어봐서……."

"얼마나 기다렸어?"

"아침부터 계속."

잠시 침묵이 흘렀다. 추위에 떨고 있는 해솔의 모습과 계속 기다렸다는 해솔의 대답에 도담의 마음 한편이 무너졌다.

"여기서 무작정? 방학인데?"

"너 어느 과인지도 몰라서……. 무슨 과 갔어?"

"물리치료."

"그랬구나. 살렸다."

"넌?"

"나는 약대 갔어."

"정말 약대에 갔구나……."

"어제 엿들으려고 한 건 아닌데…… 엠티 간다는 거 들어서, 간 줄 알았어."

"안 갔어."

오래 밖에 서 있던 해솔이 덜덜 떨었다. 도담이 손을 뻗어 떨고 있는 해솔의 손을 잡아 봤다. 꽁꽁 얼어 있었다.

"나 오늘 도서관 안 왔으면 어쩌려고 그랬어."

"내일도 계속 기다렸을 거야. 마주칠 때까지."

해솔이 얼굴이 언 채로 바보처럼 웃었다. 도담은 금방이라도 울고 싶어졌다. 울음을 참으며, 웃으며 물었다.

"바보야. 너 담배 안 피워 봤지."

"응."

해솔이 살짝 웃었다. 그리고 도담의 얼굴을 보며 말했다.

"오늘은 화장 안 했네. 단발 잘 어울린다."

도담이 얼굴에 웃음을 띠자 그제야 해솔은 안도의 한숨을 쉬었다. 그때 하늘에서 눈이 내리기 시작했다. 아무 소리도 없이 고요하게. 둘은 하늘을 올려다봤다. 하늘에서 커다란 눈송이가 펑펑 쏟아지고 있었다. 두 사람은 한동안 서로를 바라봤다. 해솔이 또렷한 목소리로 말했다.

"보고 싶었어."

"왜 연락 안 했어?"

도담이 원망스러운 눈으로 물었다. 해솔이 한참 도담의 눈을 마주보다가 고개를 떨궜다.

"난…… 네가 나를 미워하고 있을 거라고 생각했어."

"미워하지 않았어. 내가 널 왜 미워해."

도담은 해솔이 내내 오해했을 것을 생각하니 왈칵 눈물이 났다. 침묵은 오해를 낳았다. 진평에서 해솔과 헤어지던 날, 도담은 자신이 부주의하게 뱉었던 말들이 모든 걸 어그러뜨린 것 같아서 아무 말도 하지 못했다. 그날 해솔을 위로하며 안아 줄걸. 너는 잘못이 없다고, 네가 말리려 했다는 걸 안다고, 나 때문이라고 말할걸. 해솔이 얼굴을 일그러뜨리고 울먹였다.

"나, 너무 외로웠어."

"나도야."

두 사람은 헤어졌던 그날처럼 그치지 않고 눈물을 흘렸다.

둘은 서로를 와락 끌어안았다. 그날은 안지 못했지만 지금은 아니었다. 당장 외롭지 않게 안아야 했다. 서로의 마음을 확인한 두 사람은 댐의 수문을 연 것처럼 지난 세월의 사무친 감정을 한꺼번에 쏟아 냈다. 그리움과 안도감, 서로에 대한 안쓰러움과 미안함, 그간의 외로움과 설움. 두 사람이 너무 울어서 교분을 느나드는 사람들이 흘깃거리며 지나쳤다. 하늘에서 내리는 눈이 두 사람을 하얗게 덮고 있었다.

동아리 사람들이 볼 수도 있었다. 학교에 소문이 날 수도 있었다. 걱정이 고개를 들어도 도담은 멈출 수 없었다. 무경과 극장에 다니는 것도 잃고 싶지 않았고 좋아진 무리에서 떨어져 나가고 싶지도 않았다. 그러나 도담의 감정은 명확했다. 어제 해솔이 담배에 불을 붙이기 위해 도담 쪽으로 몸을 가까이 기울였을 때 익숙한 해솔의 체취가 훅 끼쳤다. 잃어버린 시간이 모두 돌아오는 듯했다. 도담은 지난밤 잠을 못 이루며 해솔을 생각했다. 지금까지 자신이 해솔을 잊었다고 생각했는데 전혀 그렇지 않았다. 무경에 대한 마음과 해솔에 대한 마음은 시냇물과 바다만큼 너무 명백하게 차이가 나서 비교할 필요조차 없었다.

도담은 떨고 있는 해솔을 자신의 방으로 데리고 갔다. 현관문이 닫히자마자 두 사람은 3년이란 시간의 공백을 없애려는 것처럼 안았다. 다급하게 하나가 됐다. 두 사람에게 세상은 너무 시렸고 한시바삐 서로를 안아야 했다.

14

두 사람은 며칠 동안 밖에 나가지도 않고 서로를 안기만
했다. 배고파지면 방 안에 있는 것을 먹었고 그 외에는 안는
것밖에 할 수 있는 게 없다는 듯 다시 안았다. 방 안이 서로
의 체취로 가득했다. 헤어져 있던 시간을 채우려는 듯 오래
서로를 안고 있었다. 박탈당했던 행복을 되찾은 것처럼, 품에
안고 손에 쥐고 있지 않으면 다시 잃어버릴 것처럼.

해솔은 학교 앞에 있는 도담의 원룸에서 살다시피 했다.
거의 매일 같이 잠에 들고 같이 깨어났다. 옆에 누워 도담을
안고 잠들면서도 꿈속에서 도담을 만나는 꿈을 꿨다. 깨어

나 놀라서 옆에 손을 뻗으면 닿을 거리에 도담이 자고 있었
다. 꿈이 아니라는 사실에 감격해 해솔은 가끔 눈물 흘렸다.
둘은 서로의 존재가 아팠다. 서로의 눈물을 핥고 흉터를 핥
았다. 도담은 종종 어두컴컴한 곳에서 물소리가 들려오는 악
몽을 꾸었고 그럴 때면 해솔을 꽉 끌어안았다. 물에 빠진 사
람이 매달리듯, 그러지 않으면 떠내려가기라도 할 것처럼 온
몸으로 절박하게 해솔에게 안겼다. 도담은 누워 있는 자기 몸
위에 올라온 해솔의 무게를 한가득 느끼는 것을 좋아했다. 그
제야 비로소 해솔의 존재가 환상이 아닌 것 같았다.

　도담이 무엇보다 그리웠던 것은 해솔의 부드러운 손을 만
지작거리며 나누는 대화였다. 모로 누워 서로의 눈에서 시선
을 떼지 않으며 떨어져 지낸 그간의 일을 이야기했다. 시간이
가는 줄 모르고 나누는 대화는 매번 새벽 늦게까지 이어졌
다. 잠에 취한 해솔에게 질문하면 해솔은 비몽사몽간에도 대
화를 이어 나가려고 횡설수설 중얼거렸다. 도담은 그 모습을
보는 걸 재미있어했다.

　도담은 매일 취해 사는 것은 아니지만 이미 일주일 중 절
반은 술을 마시고 취하는 생활에 익숙해져 있었다. 술에 취
하면 도담은 더 귀여워졌고 더 대담해졌다. 어디서든 해솔에
게 와락 안겼다. 도담은 같이 취하고 싶어 했지만 해솔은 술
을 멀리했다. 취하는 것을 두려워했고 조금만 정신이 흐트러

저도 큰일이 일어날 것처럼 경계했다.

한 번만 같이 마시자고 도담이 졸라서 두 사람이 도담의 집에서 처음으로 취할 때까지 술을 마셨다. 술이 약한 해솔은 금세 취해서 얼굴이 붉어졌다. 이내 말수가 줄어들고 침울한 표정이 되었고 분위기가 가라앉았다.

"도담아, 미안해."

"왜 그래. 그런 말 하지 마."

도담이 해솔의 볼에 흐르는 눈물을 닦아 줬다.

"그치만 정말 미안해. 다 나 때문이야. 내가 너한테 어떻게 해야 할지 모르겠어."

해솔이 얼굴을 일그러뜨리며 서럽게 울었다.

"네가 뭘 해. 그냥 이렇게 같이 있으면 되지. 그런 얘기할 거면 그만해."

당황한 도담이 해솔의 술잔을 뺏었다. 해솔의 눈물을 닦아주던 도담은 해솔이 울음을 멈추지 않자 점점 표정이 굳어 갔다. 거의 오열하는 해솔을 보고 도담도 가슴 아팠지만, 계속 해솔과 같은 얼굴로 울고 싶지는 않았다. 이미 충분히 많이 울었고 이제 더는 아픈 기억을 떠올리고 싶지 않았다. 해솔은 너무 많이 울어서 해솔을 이루는 중요한 어떤 것을 눈물과 함께 흘려보내고 있는 것 같았다. 그렇게 많이 울고도 다시 행복한 얼굴을 할 수 있을까 걱정될 정도였다.

"이제 그 얘기는 꺼내지 않았으면 좋겠어. 나는 그 일이 없었던 것처럼 살고 싶어."

도담이 진지한 얼굴로 말했다. 해솔은 우는 얼굴로 고개를 끄덕였다.

그날 밤 도담은 울다 지쳐 잠든 해솔의 얼굴을 오랫동안 바라봤다.

다음 날 눈이 퉁퉁 부어 일어난 해솔은 간밤의 일이 기억난 듯 도담의 눈치를 봤다. 어색한 공기가 흐르는 가운데 도담이 해솔에게 물을 떠다 줬다. 해솔이 마른 목소리로 입을 열었다. 너무 많이 울어 목이 다 쉬어 있었다.

"어제는 미안."

"돌아 봐."

해솔은 영문을 모르고 도담이 시키는 대로 돌아앉았다. 도담이 팔꿈치로 해솔의 굳은 어깻죽지를 마사지하기 시작했다. 도담이 어느 한 곳을 힘줘서 누르자 해솔이 악, 하고 비명을 질렀다.

"이제 그러지 마. 알았지?"

"응."

짧은 물음 이후 도담은 긴 말 없이 손에 힘을 주는 데에만 집중했다. 해솔의 풀어지지 못한 다른 무언가도 풀어졌으면 하고 생각하며, 수업에서 배운 것을 해솔의 어깨에 연습했다. 뒤돌아 앉은 채 마사지를 받던 해솔이 도담의 팔목을 잡고 흉터가 있는 부분을 부드럽게 어루만졌다.

"너도 자해하지 마."

"응, 이세 안 해."

"사랑해."

해솔의 갑작스러운 애정 표현에 도담은 주무르던 손을 멈췄다. 해솔에게서 처음으로 듣는 말이었다. 한참 동안 도담의 반응이 없자 해솔이 등 뒤로 물었다.

"나 사랑해?"

도담은 한동안 말이 없었다.

"······그걸 꼭 말로 해야 알아?"

"응, 표현해야 알지."

해솔의 말에 사랑한다고 말해 보려고 했으나 입안에서만 맴돌았다. 서툴고 영 어색한 말 대신 도담은 해솔의 등을 끌어안았다.

*

그해의 마지막 날 아침, 자고 일어나 보니 온 세상이 눈으로 하얗게 뒤덮여 있었다. 새하얀 백지처럼. 무엇이든 새롭게 시작할 수 있을 것 같았다. 두 사람은 함께 수많은 인파 사이에서 제야의 종소리를 기다렸다. 함박눈이 펑펑 내렸다. 코트를 입은 해솔의 품 안에 도담이 쏙 들어갔다. 해솔은 인생에서 최고의 선물을 받은 것 같았다. 너무 행복해서 불안하고 두려워졌다. 빵빵하게 부풀어 오른 풍선처럼 언제 갑자기 뻥하고 터져 버릴까 봐 아슬아슬하고 벅찬 기분이었다. 그간 겪은 큰 불행에 익숙해져서 담을 수 있는 행복의 크기가 쪼그라든 것 같았다. 해솔과 도담은 사람들과 다 같이 새해 카운트다운을 외쳤다. 곧 제야의 종이 울렸다.

"스물두 살 된 걸 축하해."

"새해에도 잘 부탁해."

두 사람은 인사를 나누고 소원을 빌었다. 도담이 해솔에게 무슨 소원을 빌었냐고 물었다.

"앞으로 너랑 이런 새해 인사를 60번은 더 할 수 있으면 좋겠다고."

"60번이면 거의 살아온 날의 세 배인데. 끔찍하게 길잖아."

"난 너무 짧게 느껴지는데."

해솔은 화려하게 폭죽이 터지는 하늘을 올려다봤다. 앞으로 두 사람에게 닥칠 고난이 무엇이 있을지는 모르지만, 이미 둘은 너무 큰 불행을 겪었고 함께라면 뭐든 헤쳐 나갈 수 있을 것 같았다.

도담은 터지는 폭죽 아래서 불꽃에 색색으로 물든 수많은 커플의 얼굴을 바라봤다. 붉고 푸르게 물든 얼굴들이 어쩐지 기괴해 보였다. 저들도 비슷한 소원을 빌었을까.

"저 사람들 중에 몇이나 변치 않고 만날까."

도담이 냉소적으로 중얼거렸다. 창석을 떠올리니 비관적인 기분이 들었다. 마음이란 건 달라지기도 하니까 헤어지는 거겠지. 애정이 식거나 다른 사람을 만나거나.

"우린 다를 거야. 변하지 않을 거야."

해솔이 코트 안에서 도담의 손을 잡으며 말했다. 도담이 해솔을 물끄러미 봤다.

"그렇게 될까?"

"응. 우리가 헤어지는 건 말도 안 돼."

그치만 죽고 못 살던 사람들도 다 헤어지는데. 도담은 속으로 생각했다. 도담의 얼굴을 보고 무슨 생각하는지 안다는 듯 해솔이 덧붙였다.

"우리가 남들이랑 같아?"

그러면? 도담은 특별하고 싶지 않았다. 남들처럼 평범하고 싶었다.

"이제 우린 늘 함께 있을 거야. 내가 외롭게 두지 않을 거야."

해솔이 말했다. 도담은 말을 삼켰다. 모두가 들뜬 표정인 새해에 부정적인 생각으로 가득한 자신이 싫었다. 요란하게 터지던 폭죽의 불꽃이 사라진 밤하늘에 적막이 찾아왔다. 도담은 허망한 기분이 들었다.

"도담아."

"응."

"……아냐."

"뭐야."

해솔은 한참 입술을 움찔거리며 머뭇거리다 말았다. 도담은 답답하고 뭔지 궁금했지만 불편했기에 캐묻지는 않았다. 알 것 같았다. 해솔이 그날 일에 대해 이야기하고 싶어 한다는 것을. 자신을 보는 해솔의 투명한 눈동자를 바라보면 그 안에 슬픔이 있었다. 미안함이 있었다. 어쩌면 원망의 눈빛도…….

가족의 죽음을 눈앞에서 겪은 두 사람은 삶이 영원하지 않다는 것을 진실로 체감했다. 이 삶을 소중하게 여겨야 한다고, 하루도 허투루 보내서는 안 된다고 생각했다.

"나 인생을 낭비 없이 백 프로 살고 싶어."

해솔이 말했다.

"나도 그러고 싶어."

도담도 그 말에 동의했으나 그에 대한 해석은 달랐다. 해솔은 나태하지 않고 성실한 삶을 추구했고 도담은 늘 새로운 자극을 추구했다.

"나는 모든 가능성을 살 거야. 여행처럼 신나게 살 거고, 모든 걸 경험해 볼 거야."

15

"근데 둘이 정말 어떻게 만난 거야?"

예지가 신기하다는 표정으로 해솔을 보며 물었다. 해솔이 대답 없이 미소를 띤 채 도담을 바라보자, 도담이 대답했다.

"뭘 그렇게 꼬치꼬치 캐물어."

"아니, 네가 약대 다니고 술 한잔도 안 마시는 남자 친구를 사귄다니까 안 믿겨서 그러지."

예지의 말에 그녀의 남자 친구가 오오, 약대, 하고 호들갑을 떨며 물었다.

"다들 취하는데 혼자만 안 취하면 좀 재미없지 않아?"

"괜찮아. 나 재미있으니까 신경 쓰지 마."

해솔이 웃으며 말했다. 도담은 더 이상 해솔에게 술을 권하지 않았다. 벚꽃이 만발한 봄밤, 도담과 해솔, 예지와 예지의 남자 친구, 넷이 함께 어울리는 술자리였다.

도담은 해솔과 함께 자신의 친구들을 만나는 것을 즐겼다. 모두 진평의 일을 모르는 사람들이었다. 대학에 간 이후로도 도담은 여전히 희진과 안부를 묻고 지냈지만 희진에게는 해솔을 만난다고 말하지 않았다. 어찌 되었든 희진은 진평의 사람이었다.

해솔은 학교생활을 전혀 하지 않아 도담 외에는 달리 친구가 없었다. 학교에 있는 시간 내내 공부를 했고 수업이 끝나면 바로 아르바이트를 갔다. 지난 학기에는 노렸던 성적 우수 장학금을 탔다. 어서 졸업하고 자리를 잡고 돈을 벌어 도담과 안정된 생활을 하고 싶었다. 오로지 그것 이외에 해솔이 그리는 미래는 없었다.

도담은 영화 동아리에서 나온 뒤 탁구 동아리에 들어갔다. 새로운 그룹에 속할 때마다 진평에서의 일이 없던 사람처럼 행동할 수 있었고, 그렇게 하면 정말 없던 일이 되는 것 같았다. 새로운 사람들의 눈으로 자신을 볼 때에만 자신이 끔찍한 일을 겪은 사람이 아니라 평범한 사람인 것처럼 느껴졌다.

해솔을 제외한 세 사람은 꽤 취할 정도로 술을 마셨고 예지가 진지한 말투로 자기가 관상을 볼 줄 안다고 했다.

"에이, 그치만 모든 게 결정되어 있다는 건 부당하잖아."

해솔이 믿지 않는다는 듯 말했다. 그간 조용하던 해솔이 분명하게 주장하자 다들 주목했다.

"아냐, 정말 내가 보는 눈이 있다니까. 내 친구들 다 만나는 남자 데려와서 나한테 검사받잖아."

예지가 신나서 말했다.

"해솔이는 어때 보이는데?"

도담의 물음에 예지가 게슴츠레한 눈으로 해솔의 얼굴을 뜯어봤다.

"세심한 성격인데 은근히 고집 있을 것 같은데."

예지의 말에 다들 웃었다. 예지가 말을 이었다.

"이제 와 하는 말이지만 태준이 걔는 좀 아니었어."

"왜? 어땠는데?"

예지의 남자 친구가 물었다.

"'네 어두운 그늘까지 사랑해 주지 못해서 미안해.' 그랬댔지?"

예지가 목소리를 깔고 우스꽝스럽게 흉내 냈다. 그리고 덧붙였다.

"그건 사랑이 아니야. 사람을 죽였더라도 편이 돼 주는 게 사랑이지."

도담은 술잔을 들이켜며 해솔의 눈치를 살폈다. 예지가 해솔 앞에서 전 남친 이름을 언급하는 것도, '사람을 죽였어도' 운운하는 것도 거슬렸다.

"그런 건 어떻게 아는 거야?"

도담이 예지에게 따지듯 물었다.

"뭐?"

"사랑은 이런 거지, 이건 사랑이 아니지, 하는 거 말이야. 네가 정말 해 보고 말하는 거야? 아니면 책에서 읽은 거야? 그걸 넌 어떻게 아는데?"

평소 예지는 사랑이 세상에서 가장 좋은 것이라고 말하는 사랑 예찬론자였다. 도담은 예지가 그렇게 사랑을 최고로 생각할 수 있는 건 아직 사랑에 충분히 당하지 않아서라고 믿었다. 도담은 불행의 크기를 다이아몬드라도 되는 양 자신의 것과 남의 것을 비교했다. 도담에게는 여전히 자신이 가진 불행이 가장 크고 가장 값졌다.

"그걸 어떻게 모를 수가 있어? 사랑을 해 보면 어떤 게 사랑인지 모를 수가 없어."

확신에 찬 예지의 말에 도담은 발끈했다. 맞받아치려는데 테이블 밑에서 해솔이 도담의 손을 잡으며 말렸다.

"너 취했어."

"취하려고 마셨는데 그럼 취했지. 아니, 궁금해서 그래. 넌 안 궁금해? 쟤가 꼭 정답을 아는 것처럼 말하잖아."

"워워, 왜 화를 내고 그래. 취했다. 이제 슬슬 일어나자."

예지의 남자 친구가 예지와 도담을 진정시켰다. 두 남자는
서로 이해 좀 해 달라는 듯 눈짓을 주고받았다.

"넌 사랑을 안 믿나 본데, 난 사랑을 믿어."

취한 예지가 아랑곳 않고 계속 말했다.

"사랑을 믿는다는 게 대체 뭔데. 변하지 않는다는 거야?"

도담도 지지 않았다.

"내 말은, 음…… 사랑이 무엇보다 큰 힘을 가졌다는 거야."

그 큰 힘이 아빠를 정신도 못 차리게 바보로 만들어 급류
에 휩쓸리게 했나. 오직 사랑만이 최고라고 조금의 의심도 없
이 말하는 사람들, 그들에게 사랑은 종교나 다름없었다. 언제
나 사랑만이 답이라는 허술한 교리를 가진. 사람을 믿지 못하
고 사랑을 믿지 않는 나 같은 사람은 사랑스럽지 않겠지. 도
담도 모르는 건 아니었다. 사랑이라는 이름으로 서로를 아끼
고 위하며 사는 사람들이 있고 그 모습이 아름답기까지 하다
는 사실을. 그렇지만 도담에게는 하늘을 나는 빗자루만큼 현
실과 먼 판타지처럼 느껴졌다.

술자리가 파하고, 잔뜩 취해 비틀거리는 도담이 넘어지지
않도록 해솔이 붙잡아 줬다. 그게 좋아서 도담은 웃으며 일부
러 더 비틀거렸다. 도담이 넘어지면 해솔이 일으켜 줬다. 결국

해솔에게 업혀서 집에 돌아가는 길에 도담이 술에서 깼다.

"넓은 등판 좋다, 헤헤."

도담은 해솔의 어깨를 와락 끌어안으며 생각했다. 해솔이 외로우면 안 되는데. 해솔은 듬뿍 사랑을 받아야 하는데. 이렇게 부정적인 나는 어떻게 해솔에게 사랑을 주나. 도담은 다시 슬퍼졌다. 예지가 말한 것처럼 나는 해솔과 어울리지 않나? 해솔에 비해 한심한 사람이 된 것 같고 지는 기분이 들었다. 이런 기분이 들게 만드는 해솔이 원망스러웠다. 차라리 해솔이 자신처럼 같이 비틀거리고 엉망이 되었으면 했다.

집에 돌아와 해솔이 술기운에 힘들어하는 도담의 등을 쓸어 줬다. 도담은 생각했다. 그런 일을 겪고 해솔은 어떻게 이렇게 멀쩡할 수 있는 걸까? 도담은 진평에서 자신을 보던 사람들과 똑같은 생각을 했다는 것을 깨닫고 소름이 끼쳤다. 해솔이 괜찮냐고 다정하게 물어왔다. 바보. 내 속이 어떤 끔찍한 생각으로 가득한지도 모르면서.

어느새 도담은 언제 언성을 높이고 비틀거렸냐는 듯 조용해져 있었다. 작은 몸으로 술 냄새 나는 뜨거운 숨을 몰아쉬었다. 해솔은 도담이 불안정해 보이고 안쓰러웠다. 그 기억이 힘들어서 그저 취해서 의식을 놓아 버리고 싶구나. 그러다가도 불쑥 울화 같은 게 치미는구나. 해솔이 도담의 볼을 쓰다듬으며 슬프게 미소 지었다.

도담은 해솔을 빤히 바라봤다. 해솔의 복잡한 얼굴을 보면 예전에 해솔에게서 느껴졌던 아주 귀한 것을 잃어버린 것 같아 안타까웠다. 끔찍한 일이 있기 전의 그 때묻지 않은 미소는 다시 볼 수 없었다. 애초에 그 환희에 찬 얼굴을 몰랐으면 모르지만, 누구보다 잘 알았기에, 해솔을 볼 때마다 짠했다. 도담이 양손으로 해솔의 양 볼을 감쌌다.

"불쌍한 해솔이."

도담이 해솔을 끌어 안았다. 해솔의 숨결과 품이 뜨거웠다. 이대로 떨어지지 않고 아예 한 몸으로 붙어 버렸으면 싶었다. 도담의 어깨에 얼굴을 파묻은 해솔이 말했다.

"나 안 불쌍해. 네가 있잖아."

16

"아싸, 할머니, 이번 판은 제가 땄어요."

화투를 모으며 도담이 말했다. 요양원 휴게실에서 도담은 해솔과 할머니와 함께 셋이서 민화투를 쳤다. 도담을 처음 본 할머니는 도담이 진달래처럼 곱다며 반겨 주었다. 금방 화투 점수 계산하는 법을 배운 도담은 할머니에게서 1400원을 땄다. 해솔은 좀 져 주라는 듯 도담에게 눈치를 줬다. 오히려 할머니는 계산이 정확했다. 해솔이 일부러 져 주려고 하면 할머니는 화투를 확인하며 해솔이 잘못 계산한 점수를 알려 주었다. 할머니가 목을 빼고 슬쩍 해솔의 패를 봤다.

"아니, 할머니, 남의 패를 보는 게 어딨어."

"패 안 봤다. 잘생긴 손주 얼굴 봤지. 날 샌다. 빨리 쳐라."

할머니는 입안이 말라 자주 먹는 누룽지 사탕을 우물거리며 귀엽게 변명했다. 그 모습을 보며 도담은 절로 웃음이 났다. 모처럼 평화로운 시간이었다.

민화투를 끝낸 뒤에는 노냄이 앉아 있는 할머니의 붕을 마사지해 주었다.

"제가 솜씨 좀 발휘해 볼까요."

"아이구, 아이구! 시원하다. 도담이 손이 약손이다."

할머니의 마른 몸을 주무르면서 도담은 수업에서 배운 마사지를 정작 엄마에게도 아빠에게도 한 번도 해 주지 못했다는 사실이 떠올랐다. 도담이 전공을 선택할 때, 창석이 재활하는 동안 도와줬던 물리치료사를 지켜본 영향이 컸는데도.

할머니가 보답이라며 구성지게 노래를 불러 줬다. 해솔과 도담은 느린 박자에 맞춰 손뼉을 쳤다.

"연분홍 치마가 봄바람에 휘날리더라. 오늘도 옷고름 씹어가며 산 제비 넘나드는 성황당 길에 꽃이 피면 같이 웃고 꽃이 지면 같이 울던 알뜰한 그 맹세에 봄날은 간다."

"할머니 오늘 기분 좋은가 보다."

노래가 끝나자 도담과 해솔이 웃으며 함께 박수를 쳤다.

해솔이 화장실에 간 사이, 할머니는 고쟁이를 주섬주섬 뒤져 주머니 안에서 쌈짓돈을 꺼내 도담에게 건넸다. 꼬깃꼬깃 접힌 5천 원짜리였다.

"이걸로 맛있는 거 사 먹어."

"괜찮아요. 할머니 간식 사 드세요."

"내가 여기서 돈 쓸 일이 뭐가 있어."

도담이 됐다며 사양해도 할머니는 어른이 주면 받는 거라며 자꾸만 도담의 손에 돈을 쥐어 주었다.

"해솔이가 요즘 시들었던 꽃이 활짝 핀 것처럼 몇 년 만에 웃더라. 나는 안다. 저 애가 얼마나 속이 썩어 문드러져서 지냈는지……. 고맙다. 우리 해솔이 잘 부탁한다."

할머니가 도담의 손을 꼭 잡았다. 쭈글쭈글 주름 가득한 할머니 손은 살가죽과 뼈만 남은 것처럼 말라 너무나 가벼웠다.

"나는 살날이 얼마 안 남았지만 니들은 징그럽게 많이 남았다. 그런데 그 세월도 어느새 홀렁 간다. 싸우지 말고 하루하루 행복하게 살아."

할머니는 도담의 손등을 쓸며 두 사람을 축복해 주었다. 할머니의 눈으로 보면, 둘은 세상 누구보다 귀하고 누구보다 행복해져도 될 것 같았다.

돌아오는 길에 도담이 해솔의 팔을 앞뒤로 크게 흔들며 걸었다. "기분 좋아?" 하고 해솔이 물었고 도담은 함박웃음을 지으며 고개를 끄덕였다. 두 사람은 팔짱을 끼고 시장을 걷다가 분식집에 앉아 딱 5천 원어치 떡볶이와 튀김을 사 먹었다. 깻잎을 넣은 떡볶이 국물이 달달하고 간이 잘 배어 맛있었다. 둘은 그것을 고급 정찬이라도 되는 것처럼 음미하며 먹었다. 해솔이 웃으며 말했다.

"여기 진짜 맛있다."

"이거 할머니가 사 주시는 거야."

"응?"

영문을 모르는 해솔의 얼굴을 보며 도담은 말없이 웃었다.

"아, 진짜 행복하다."

해솔이 떡볶이를 먹다 말고 행복한 표정으로 중얼거렸다. 자기도 모르게 나온 감탄사였다.

"그치."

도담은 맞장구를 치며 문득 이런 생각이 들었다. 오늘 하루 잠시 진평을 잊고 오롯이 행복했다. 우리에게 그런 일이 없었다면 얼마나 좋았을까. 부질없는 가정이라는 것을 알았다. 이런 생각에 사로잡히면, 빨려 들어가면 안 된다는 것도 알았다. 그렇지만 한번 떠오른 생각이 쉽게 흩어지지 않았다. 도담이 눈물을 글썽였다.

"왜 울어."

해솔이 도담의 눈가를 닦아 주었다.

"아니, 행복해서."

17

도담과 해솔 사이에는 잘못 디디면 휩쓸리는 소용돌이가
도사리고 있었다. 좋을 때 두 사람은 세상 어느 누구도 부럽
지 않았지만 나쁠 땐 한없이 나빴다. 기말고사가 끝난 도담이
예지와 함께 새벽 늦게까지 클럽에서 놀다 온 날이었다. 도담
은 짙은 화장을 하고 어깨와 배를 드러낸 탱크톱을 입은 채
였다. 옷과 머리에는 술과 담배 냄새가 잔뜩 배어 있었다. 해
솔은 그런 도담의 모습이 싫었고, 도담은 해솔이 자신을 대책
없는 사람으로 보는 눈빛이 싫었다.

"내가 뭐 맨날 놀아? 실습 끝나고 모처럼 다 같이 노는 것

도 네 허락 받아야 돼?"

　뭐든 계획적이고 열심인 해솔과 충동적이고 즉흥적인 도담은 여러모로 생각이 달랐다. 도담에게는 자기 인생에 일어났던 불행한 일을, 매 순간의 행복으로 보상해야 한다는 심리가 있었다. 더는 스트레스 받고 싶지 않았다. 신나게 놀아야 했다. 지금은 다신 안 돌아오니까 더 열심히 즐기고 더 누려도 된다고, 아니, 누려야 한다고 생각했다.

　"그래도 보통은 남자 친구 있으면 클럽은 안 가지 않나?"

　"내가 뭐 남자 만나러 가?"

　"이제는 동아리로도 모자라?"

　해솔이 한숨을 쉬었다. 해솔이 지켜보기에 도담은 새로운 그룹에 들어가는 일에 중독되어 갔다. 도담은 탁구 동아리에서 나와 농구 동아리에 들어갔고, 동시에 와인 동아리에도 가입했다. 어느 날 농구부 남자 부원에게 업혀 들어온 도담의 만취한 모습이 잊히지 않았다. 취해서 연락이 온 도담을 해솔이 업고 들어오는 날이 많아졌다. 그러나 아무리 싸우고 문제를 일으키더라도 도담과 헤어진다는 선택지는 해솔에게 없었다. 마음이 상했다고 아무래도 맞지 않는 것 같다며 헤어지는 보통의 연애와는 달랐다. 도담이 힘들어하는 시기니까 곁을 지켜 줘야 했다. 세상에 남겨진 둘뿐이라고 생각했으니까.

"동아리 가지고도 뭐라고 하는 거야? 그게 클럽이랑 무슨 상관인데."

"다른 남자하고 술 먹는데 연락도 안 되면 걱정되는 게 당연한 거지."

"지금 동아리 얘기가 왜 나오냐니까?"

"너 새로운 사람 만나서 술 마시려고 동아리 하는 거잖아."

도담이 해솔을 노려봤다.

"하, 잘 다니던 영화 동아리에서 소문나서 나 완전 쌍년 된 게 누구 때문인데."

"네가 절제를 못 하니까 걱정된다고."

해솔의 말에 도담은 모욕을 당했다는 듯 휴대폰을 꺼내 해솔의 눈앞에 들이밀었다.

"야, 확인해 봐. 내가 남자랑 뭐 있는지. 확인해 보라고!"

잔뜩 금이 간 도담의 휴대폰 액정이 해솔의 눈에 들어왔다. 얼마 전 도담이 필름 끊길 정도로 만취해 계단에서 넘어져 깨먹은 거였다. 그날도 둘은 술 문제로 언성을 높이며 싸웠다. 옆집에서 찾아와 조용히 좀 해 달라고 따질 정도였다. 해솔에게는 깨진 액정이 도담의 생활이 엉망이라는 징표처럼 보였다. 해솔이 팔을 휘저어 휴대폰을 눈앞에서 치웠다. 도담이 다시 한 번 해솔의 얼굴에 찌를 듯이 휴대폰을 들이밀었다.

"됐어."

"확인해 보라니까."

"아, 됐다고."

해솔이 휘저은 팔에 도담의 휴대폰이 바닥에 떨어져 이미 금이 가 있던 액정이 바살났다. 분위기가 얼어붙었다. 해솔이 기어들어 가는 목소리로 말했다.

"……어차피 깨진 거였잖아. 내가 바꿔 줄게."

"어차피 깨진 거 바꾸라고……."

도담이 실성한 사람처럼 킥킥대며 웃었다.

"……."

"됐어. 어차피 깨진 건데."

해솔은 그런 도담을 심각한 표정으로 바라봤다. 그러고는 지친 듯 한숨을 내쉬며 말했다.

"도담아, 난 네가 상담이든 치료든 전문적인 도움을 받았으면 좋겠어."

웃고 있던 도담이 정색하며 해솔을 쳐다봤다.

"내가 왜? 상담은 네가 받지 그래."

해솔이 무슨 말이냐는 듯 도담을 봤다. 도담이 말을 이었다.

"넌 깔때기처럼 전부 그날이랑 연결 지어 생각하잖아. 야, 내 주변 다 술 좋아해. 개네들 뭐 특별한 사연 있어서 마시는 게 아니라고. 다 너처럼 재미없게 사는 줄 알아?"

"……."

"클럽 가면 무조건 남자 만난다고 생각하는 것도 졸라 구려."

도담은 생각할수록 열이 받는 듯 계속 퍼부었다.

"나도 국시도 준비하고 알아서 할 거 하고 있어. 뭐? 절제를 못 한다고? 다른 남자? 다른 사람도 아니고 나를 의심해? 말해 봐! 내가 그러겠냐고."

해솔은 빈정거리고 폭주하는 도담의 태도를 참았다. 도담이 하지 않은 말을 잘 알고 있었다. '아빠라는 인간이 뭐 때문에 그렇게 됐는데.' 한 번도 꺼내지 않았던 창석과 미영의 이름이 금방이라도 튀어나올 것 같았다.

"됐다. 취한 사람하고 싸우는 게 바보지."

그 이야기가 나오면 견딜 수 없을 것 같아 해솔은 싸움을 피했다. 도담을 무시하고 의자에 앉아 애꿎은 노트북을 바라봤다. 해솔의 뒷모습을 향한 도담의 눈이 이글거렸다. 모멸감을 느꼈다. 자신을 무시하는 해솔의 표정과 회피하는 태도가 얄미웠다. 늘 이런 식이었다. 해솔은 참는 자신이 성숙한 태도라고 여기겠지만 맞서고 터트리지 못하는 겁쟁이일 뿐이었다. 도담이 해솔의 등판을 찰싹 때렸다. 등을 수차례 맞고도 해솔은 미동도 없이 노트북을 봤다. 해솔의 반응이 없자 더 화가 난 도담은 텅 빈 화면을 띄운 채 열려 있던 노트북을 부서질 듯 세게 닫았다. 그제야 해솔이 돌아서서 도담을 노려봤다. 한참 눈싸움을 하던 도담이 해솔을 떠밀려 하자 해솔이 도담의 손목을 꽉 붙잡았다.

"놔! 놓으라고!"

도담은 제 성질을 못 이기고 몸부림쳤다. 팔이 비틀릴 것 같았다.

"그만해!"

해솔이 도담을 움직이지 못하게 꽉 끌어안아 들어올렸다. 도담이 버둥거리며 해솔을 발로 마구 찼다.

"아, 진짜 싫어!"

"싫어? 내가 싫어?"

"그래! 넌 아무것도 몰라!"

"내가 뭘 몰라!"

"넌 몰라. 내가 거기서 어땠는지! 넌 진평에서 도망갔잖아!"

도담의 외침에 해솔이 안고 있는 팔의 힘을 풀자 도담이 신경질적으로 뿌리치며 해솔의 품에서 나왔다. 이윽고 두 사람은 떨어져 서서 숨을 씩씩 몰아쉬었다. 두 사람의 머리에 동시에 같은 생각이 스쳤다. 비 오던 폭포에서 물에 뛰어들려는 걸 붙잡고 거칠게 씨름하던 그날의 기억이. 해솔은 패닉이 온 얼굴로 숨을 크게 몰아쉬며 괴로워했다. 해솔의 얼굴을 보던 도담은 생각했다. 모든 걸 본 눈. 모든 걸 기억하는 눈. 그게 왜 다른 사람이 아니라 해솔의 눈일까. 도담은 갑자기 찬

장에서 위스키를 꺼내 와 한 잔 따라 스트레이트로 마셨다. 그리고는 다시 한 잔 따라 위스키를 입에 머금고 달려들어 해솔의 입술에 키스해 넘겼다. 해솔이 눈이 커져 도담을 바라봤다. 술이 넘어간 식도가 타는 것처럼 뜨거웠다. 도담이 한 번 더 위스키를 마시고 키스했다. 둘의 눈이 가까이서 마주쳤다. 노남은 아무 생각도 하기 싫다는 듯 눈을 감았다. 해솔도 눈을 감아 버렸다. 두 사람은 서로의 입 안에 남은 술을 빼앗아 가기라도 할 것처럼 이를 부딪치고 입술을 깨물었다. 도담이 가녀린 팔로 목을 감으면 해솔은 저항할 수 없었다. 둘의 몸은 뜨겁게 달궈져 있었다. 도담은 해솔의 등을 할퀴고 가슴팍을 멍이 들도록 깨물었다. 생채기를 내고 지워지지 않는 흉터를 남기고 싶었다. 성난 짐승들이 서로의 목을 물어뜯으며 싸우는 모양새로, 두 사람은 거칠게 몸을 섞었다.

서로에게서 떨어지자 온몸이 땀에 젖어 있었다. 해솔이 에어컨을 켜자 땀이 식으면서 금세 추워졌다. 얼굴이 붉게 상기된 도담이 몸을 떨면서 해솔의 품에 안겨 왔다. 해솔은 도담의 이마에 입을 맞추고 이불을 덮고 안아 줬다. 도담이 품 안에 다 들어와 품을 수도 있을 것 같았다. 둘은 혼곤한 잠 속으로 빨려 들어갔다.

그날 밤 잠든 도담의 귓가에 모기가 앵앵거리며 맴돌았다. 도담이 모기를 쫓으려고 팔을 휘저으며 뒤척였다. 여름이 다

가오는 불길한 소리였다. 여름이 가까워 오며 날이 뜨거워질
수록 두 사람의 격렬했던 뜨거움은 식어 갔다.

18

창석과 미영의 기일 전날이었다. 해솔은 밤 늦게까지 돌아오지 않는 도담을 기다렸다. 식탁에 앉아 공부하고 있었지만 머리에 한 글자도 들어오지 않았다. 현관문을 열고 들어온 도담은 다른 날과 다름없이 취해 있었다.

"우쭈쭈, 안 자고 기다렸어."

도담이 앉아 있는 해솔의 엉덩이를 토닥였다. 냉랭한 표정의 해솔은 의자를 도담 쪽으로 돌려 앉았다.

"내일 어떻게 할지 얘기하기로 했잖아."

"내일? 아, 맞다."

도담은 까마득히 몰랐던 것처럼 굴었다. 해솔의 목소리가 낮았다.

"내일 같이 바다에 갈 거야?"

창석이 뿌려진 인천 바다를 말하는 거였다. 도담은 해앙장을 치렀던 열여덟 살 이후로 그곳에 한 번도 가지 않았다.

"싫어."

"그럼 추모 공원은?"

"난 가고 싶지 않아. 너 혼자 갔다 오든지."

도담이 혀 꼬인 소리로 말했다. 해솔의 표정이 굳어졌다. 도담은 창석과 미영의 얘기를 덮어 두려 했고 해솔은 함께 이야기 나누고 싶어 했다. 그러나 해솔도 그 힘든 일을 어떻게 접근해야 할지 방법을 몰랐다. 해솔은 땅이 꺼질 듯 한숨을 길게 내쉬었다.

"너 일부러 이러는 거지."

"뭐가아? 화났어?"

도담이 애교 섞인 말투로 물으며 의자에 앉아 있는 해솔에게 올라탔다. 늘 하던 것처럼 해솔의 목에 팔을 감아 깍지를 끼고 눈을 맞췄다. 좀 봐 달라는 듯. 네가 져 달라는 듯. 도담이 키스하려는데 해솔이 고개를 돌려 피했다. 도담이 놀랐다.

"술 냄새 나서 싫어?"

이전에는 아무리 술 냄새가 나도 거부하는 법이 없던 해솔이었다. 다툴 것 같으면 먼저 끌어안거나 그냥 넘어가자는 듯 스킨십을 해 오는 건 오히려 해솔 쪽이었다. 다투고 나면 꼭 서로를 안았고, 모진 말을 하고 싸웠던 게 없던 일처럼 구는 날이 반복됐다. 그게 두 사람의 암묵적인 패턴이었다.

"치, 알았어. 뽀뽀는 안 할게."

도담이 해솔의 디셔츠 인에 장난스럽게 손을 집어넣으며 옷을 벗기려 했다. 입을 꾹 다문 해솔이 도담의 팔을 잡고 떼어 내며 밀어냈다. 거부의 몸짓이었다. 도담은 해솔을 빤히 바라봤다. 그러고는 자존심 상한 듯 비틀대며 침대로 가 몸을 던졌다. 도담이 해솔을 등지고 침대에 뒤돌아 누운 채 중얼거렸다.

"네가 나한테 이런다는 거지……."

그 말이 서늘하게 가슴을 찔러 해솔은 도담의 뒷모습을 봤다. 연인들이 다툴 때 흔히 하는 말이었다. 도담이 취해서 하는 말이라고 흘려 넘길 수도 있었다. 그러나 해솔은 그러지 못했다. 동그마니 누워 있는 도담의 뒷모습이 애처롭고 외로워 보였다.

방 안은 적막만이 가득했다. 한참을 바라보던 해솔은 도담에게 가 모로 누워 뒤에서 끌어안았다. 도담의 어깨에 부드럽게 입을 맞춘 뒤 익숙하게 목덜미 쪽으로 옮겨 갔다. 도담이 돌아봤다. 둘은 키스하며 기계적으로 단계를 밟았다. 아무것도 생각하고 싶지 않아서, 그저 다 잊고 싶어서 하는 불순물로 가득 찬 몸짓이었다. 평소보다 한없이 길게 느껴졌다. 도담이, 무감하게 움직이는 해솔을 봤다. 자연스럽지 않았다. 두 사람 다 짜인 연극을 영혼 없이 억지로 하는 느낌이었다. 도담의 무표정한 눈빛을 본 해솔이 움직임을 멈췄다.

"미안."

해솔이 작게 말했다. 도담이 해솔을 밀어내고 떨어져 나왔다. 때로는 죄책감과 미움을 무화시켜 버리고 애정을 확인하는 스킨십이 감미로울 때도 있었지만 이번은 아니었다. 도담은 취기가 가신 듯 일어나 화장실로 갔다.

해솔은 사랑한다는 말만큼이나 미안하다는 말을 자주 했다. 평소에도 해솔은 그 일을 떠올리면 문득문득 도담에게 사과하고 싶은 마음이 치솟았다. 하지만 둘의 관계를 위해서 사과해서는 안 된다는 것을 알고 있었다.

도담은 샤워기를 틀어 놓은 채 변기에 앉아 있었다. 도담도 해솔에게 미안함이 있었다. 그러나 사소한 다툼에서도 도담은 결코 미안하다고 말하고 싶지 않았다. 그 말이 둘의 애정에 독이 되리라는 것을 본능적으로 알았다.

문밖으로 샤워기 소리가 외로운 울음처럼 들렸다.

19

기일 아침이었다. 아침부터 푹푹 찌는 여름의 한가운데였다. 닿기만 해도 금방이라도 폭발할 것 같은 찐득하고 습한 공기가 불쾌지수를 높였다. 하필 얼마 전 에어컨도 고장 난 터였다. 도담은 침대에서, 해솔은 바닥에서 떨어져 잤다. 가뜩이나 열이 많은 해솔과 도저히 붙어 잘 수 없었다. 이른 아침부터 매미 소리에 잠에서 깬 도담은 잔뜩 짜증이 나 있었다. 가로수 높이와 비슷한 원룸 2층 창문 바로 옆에서 매미들이 서라운드로 쩌렁쩌렁 울어 댔다. 도담이 신경질적으로 내뱉었다.

"씨발, 매미 새끼들. 다 불태워 버리고 싶어."

"아침부터 욕 좀 하지 마."

해솔이 핀잔을 줬다. 도담이 냉장고로 가 문을 열었다. 갈증이 나는데 캔 맥주밖에 없어 그것을 꺼냈다. 캔 뚜껑 따는 소리에 해솔이 돌아봤다. 도담이 맥주를 들이켰다. 그 모습을 본 해솔이 들리도록 탄식했다. 하아, 하는 탄식 소리가 날카롭게 공기를 갈랐다. 도담은 한마디 하려다가 해솔 쪽을 돌아보지도 않고 맥주를 꿀걱꿀걱 마셨다. 해솔이 물었다.

"오늘은 좀 경건한 마음을 가질 수 없겠어?"

"경건한 마음?"

도담이 비웃었다.

"오늘 뭐 귀신이라도 찾아올 것 같아? 다른 날이랑 똑같아. 그냥 존나 더운 날이야. 오버하지 마."

해솔은 도담을 쳐다보고는 화를 삭이며 짐을 챙겼다. 도담의 말처럼 다른 모든 날과 같은 날일지도 몰랐다. 365일이 흘러가면 되돌아오는 하루. 하지만 그 끔찍한 날을 애써 떠올리지 않아도 몸이 기억하는 그날의 끈적한 공기가 맴돌고 있었다. 추모 공원은 대중교통편이 불편해 반나절은 걸렸다. 부지런히 움직여야 했다.

"집에 있을 거지? 밥 잘 챙겨 먹고 에어컨 기사님한테 전화해 봐."

"내가 알아서 해."

"알아서 참도 잘해서."

도담은 짜증을 냈고, 해솔은 비아냥댔다.

"아, 짜증 나. 네가 내 아빠야?"

일순 정적이 감돌았다. 해솔은 그 자리에 우두커니 굳어 버렸다. 인제 비아냥댔냐는 듯 금세 또 생각이 많아진 복잡한 표정을 하고서. 죄를 지은 사람의 얼굴. 무슨 생각을 하는지 도담은 해솔의 머릿속을 상상하는 게 두려웠다. 도담은 어색해진 공기에 작은 목소리로 덧붙였다.

"……왜 이렇게 잔소리냐고."

해솔은 대꾸하지 않고 인사도 없이 밖으로 나갔다.

도담은 찜통인 집에 혼자 남았다. 선풍기를 아무리 강풍으로 틀어도 뜨겁고 숨 막히는 공기는 어쩔 수가 없었다. 금방 온몸이 땀에 젖어 샤워를 하려다가 집을 나서 대중목욕탕에 갔다. 넓은 욕탕에 혼자 오래 몸을 담그고 있었다. 멍한 표정으로 내내 해솔에 대해 불편한 생각을 하다가 도담은 혼잣말로 중얼거렸다.

"자유로워지고 싶어."

이 관계가 힘들다는 생각이 도담의 머리를 스쳤다. 다른 사람을 만나고 싶은 건 아니다. 그러나 죄책감을 지닌 듯한 저 얼굴을 평생 마주할 수 있을까. 계속 미안해하고 사과하고 눈치 보고 그렇게……. 그게 사랑일까. 해솔은 그런 생활이 행복할까. 분노는 그 분노의 정체를 알고 있는 사람 앞에서 더욱 쉽게 뿜어져 나온다. 상처도 아무도 모르는 상처보다 그 상처의 존재를 아는 사람 앞에서 더 아프다.

목욕탕을 나온 도담은 혼자 극장에 가서 영화를 봤다. 생각 없이 볼 수 있는 히어로물이었다. 극장에서 나온 뒤 휴대폰을 확인했다. 평소 같으면 지금 버스 탔어, 점심은 먹었어? 난 뭐 먹었어, 사진을 보내며 생중계를 했을 해솔은 연락이 없었다. 이대로 해솔의 소식을 모르고 지냈던 나날들처럼 영영 연락이 없어지는 상상을 했다. 재회해서 그간 함께 지냈던 게 거짓이었던 것처럼. 홀가분함을 느꼈다. 고작 반나절이었는데 왜 그런 기분을 느꼈는지 이상했다. 그때 휴대폰 진동이 울렸다. 기일마다 걸려 오는 정미의 전화였다. 도담은 정미의 전화를 받지 않고 문자도 확인하지 않았다. 모든 것으로부터 도망치고 싶었다.

도담이 집에 막 돌아오자 밖에 소나기가 쏟아졌다. 해솔이 우산을 가져갔나, 하는 생각이 들었지만 연락하지 않았다.

―늦어지면 먹고 들어갈까 했는데 일찍 도착할 수 있을 것 같아. 저녁 같이 먹자.

해솔이 문자메시지와 함께 미영의 나무 사진을 보내왔다. 도담이 처음 보는 나무는 생각보다 훨씬 작고 초라했다. 도담은 쏟아지는 빗소리를 들으며 나무 사진을 한참 들여다봤다.

열대야였다. 에어컨 기사 방문은 4일이 걸린다고 했다. 소나기는 그쳤지만 숨쉬기 힘들 정도로 습해진 탓에 방 안은 습식 사우나 같았다. 비가 내릴 때 얌전했던 매미도 다시 울어 댔다.

비에 쫄딱 젖은 해솔이 들고 온 봉지에서 술병이 부딪치는 소리가 났다. 해솔은 지친 얼굴로 숨을 몰아쉬고는 "더워 죽는 줄 알았지?" 하고 웃으며 과장되게 쾌활한 척했다. 해솔이 샤워하는 동안 도담은 놓여 있는 술병을 바라봤다. 해솔이 나름 큰 결심을 한 걸 알았다.

해솔이 머리를 말리며 나왔다. 두 사람은 식탁에 마주 앉아 초밥과 술을 먹었다. 도담이 소맥을 타서 해솔에게 건넸고 해솔은 한 번에 마셨다. 금방 얼굴이 붉어진 해솔이 뭔가 말할 게 있는 듯 도담의 눈을 보며 분위기를 잡았다.

"도담아, 내가 캐나다 약사 면허 알아봤거든. 약학 공부했으면 여기서 공부해도 2년이면 충분히 합격할 수 있대. 우리 졸업하면 돈 모아서 캐나다에 가서 살자."

그 무렵 해솔은 이민 간 사람들의 블로그를 열심히 검색해 보곤 했다. 도담과 함께 행복하게 살려면 어떻게 해야 할지 고민하며 무더운 여름이 없는 나라, 비가 적게 오는 나라를 찾

아봤지만 그런 곳은 드물었다. 그러나 도담은 기가 차다는 듯
반문했다.

"난 영어도 못 하는데 거기 가서 내가 뭐해?"

"영어야 배우면 돼. 나랑 같이 공부하면 되지. 내가 도와줄
게. 물리치료사도 외국이 더 조건이 좋대. 거기서는 개원도
할 수 있대."

해솔은 이미 도담의 미래 설계까지 다 마친 듯했다. 도담은
눈을 가늘게 뜨고 낯선 사람 보듯 해솔을 쳐다봤다.

"뭐야? 너는 정말 내 아빠가 되고 싶어?"

"아니, 나는……."

"왜 나는 무시하고 네 맘대로 생각해!"

도담이 버럭 소리 질렀다.

"네가 여기서는 힘들어하는 것 같아서 그래."

해솔의 말에 도담이 코웃음 쳤다.

"아, 날 위해서라고. 여기서는 네가 그 생각을 안 할 수 없
어서가 아니고?"

도담이 해솔을 노려봤다. 해솔이 거친 한숨을 푹 내쉬었다.

"난 네가 좋아할 줄 알았어. 세상 돌아다니고 싶어 했잖아.
강요하는 것도 아니고 생각해 보자는 건데 왜 그렇게 불같이
화를 내는지 모르겠다."

"모르겠다고? 정말 몰라?"

도담이 언성을 높였다. 또 금방이라도 폭발할 기세였다.

"알았어. 내가 미안해."

해솔이 한발 물러서며 사과했다.

"그 미안하다 소리 좀 하지 마. 제일 듣기 싫거든."

"……."

"뭐가 미안한데? 말해 봐. 뭐가 미안하냐고!"

도담의 분노가 점점 더 크게 물결쳤다.

"너 기분 안 좋게 만들어서……."

해솔이 한숨을 내쉬며 자리에서 일어났다.

"나 바람 좀 쐬고 올게."

"너 아까 사진 보낸 의도가 뭐야?"

도담의 날카로운 목소리에 나가려던 해솔이 멈춰 서서 돌아봤다.

"무슨 의도가 있어."

"죄책감 가지라는 거야? 나도 너처럼 눈치 보고 미안해야 되는 거냐고."

"그런 거 아니야."

해솔의 목소리에 물기가 있었다. 서러운 얼굴에 눈이 붉었다.

"난 그냥…… 같이 애도하고 싶었어.

해솔을 노려보고 있는 도담의 눈에 눈물이 그렁하게 차올랐다.

"나한테 그런 거 기대하지 마. 너 혼자 해. 너는 우리 아빠 좋아했을지 몰라도 나는 너네 엄마 싫으니까."

해솔이 상처받은 표정으로 체념한 듯 목소리를 깔았다.

"오늘은 진짜 싸우기 싫다."

"어차피 우린 남들처럼 그냥 싸우는 것도 못 해."

도담의 왼쪽 눈에서 한줄기 눈물이 주르륵 흘러내렸다. 도담이 손등으로 눈물을 훔쳤다. 그리고 씩씩거리며 소리 질렀다.

"캐나다로 도망가자고? 거기 가면 뭐 기억을 지워 주는 기계라도 있어?"

그때 초인종이 울렸다. 아직 초저녁인데, 다투는 소리가 시끄러워 또 옆집이 따지러 온 모양이었다. 감정이 격앙된 두 사람은 나가 볼 생각 없이 그저 대치하고 있었다. 다시 초인종이 신경질적으로 울렸다. 해솔이 나갔다. 한숨 쉬며 현관문을 연 해솔의 얼굴이 허옇게 질렸다. 현관문 앞에 서 있는 사람은 정미였다. 해솔과 도담의 입이 벌어졌다.

"엄마."

"아, 안녕하셨어요."

당황한 해솔이 잔뜩 주눅 들어 인사했다. 정미가 현관 앞에 얼어붙은 해솔을 밀고 들어왔다. 방에 들어선 정미는 도담을 째려본 뒤 도끼눈을 하고 방 안을 살폈다. 거침없이 화장실에 있는 칫솔 두 개를 확인하고, 건조대에 걸려 있는 해솔의 속옷을 확인했다.

"하, 아예 살림을 차리셨어?"

정미가 기가 차서 탄식했다. 그러고는 경멸하는 눈빛으로 도담을 노려봤다.

"최도담. 네가 나한테 이럴 수 있어?"

"임마, 내가 설명할게."

"어머니."

해솔은 이러지도 저러지도 못하고 쩔쩔맸다.

"나는 정말이지 너랑 얽히고 싶지 않구나."

정미가 붉으락푸르락 달아오른 얼굴로 드디어 해솔을 똑바로 봤다. 정미는 교양 있는 사람이고 싶었다. 마트에서 온갖 사람을 상대하면서도 평생 무식하게 다투거나 얼굴을 붉힐 일 없이 살아왔다. 그 사고가 있기 전까지는, 성인이 된 자식의 연애를 반대하는 자신의 모습은 상상해 본 적도 없었다.

"어머니, 저희 사귀고 있어요. 서로 많이 좋아해요. 사랑해요."

해솔이 다급하게 말했다. 정미가 실소했다.

"너희 둘이 만나서 참도 행복하겠다. 창피한 줄도 모르고."

"엄마! 나가자. 나가서 얘기해."

"최도담 너는…… 이러라고 내가 방 얻어 준 줄 알아?"

"연락도 없이 와서 이게 뭐 하는 거야. 나가자고, 좀!"

도담이 경기를 일으키며 정미를 붙잡았다. 정미는 꿈쩍도 하지 않았다. 도담은 절망으로 일그러진 얼굴을 두 손으로 쓸어내렸다. 그러고는 정미 대신 가만히 서 있는 해솔을 잡아끌었다.

"그럼 우리가 나갈게. 야, 나가. 나가자고!"

"너도 날 두고 떠나겠다 이거지. 네 아빠처럼."

정미가 차갑게 말했다.

"엄마."

정미의 마지막 말에 도담은 헉 하고 숨을 들이마셨다. 협박 같은 말. 속이 상한 도담의 얼굴이 울상으로 일그러졌다. 그런 도담을 보고 해솔이 정미 앞에서 무릎을 꿇었다.

"어머니, 저희 둘 만나는 거 허락해 주세요."

"야, 너 오버하지 마. 일어나!"

도담이 해솔의 팔을 붙잡고 일으켰다. 해솔은 고개를 푹 숙이고 꼼짝도 하지 않았다. 해솔의 등을 때리던 도담이 견딜 수 없다는 듯 "아악, 진짜!" 비명을 지르고 나가 버렸다. 현관문이 쾅 하고 시끄럽게 닫혔다. 도담의 방에 정미와 해솔만 남겨졌다. 해솔은 정미에게 다급하게 말했다.

"어머니, 저 약대 다니고 있어요. 몇 년만 더 있으면……."

"그렇게 부르지 마. 너한테 그런 소리 듣고 싶지 않아."

정미가 해솔의 말을 잘랐다.

"제가 도담이 행복하게 해 줄게요."

"헤어져. 아무도 과거에서 자유로울 수 없어. 어른 말 들어."

"……."

"이미 충분히 불행하게 만들지 않았니? 이제는 어미랑 연 끊게 만들려고?"

"……."

"바로 짐 싸서 이 집에서 나가. 그리고 다시는 도담이랑 만 나지 마."

해솔을 남겨두고 정미가 문을 닫고 나갔다. 텅 빈 집에 해 솔 혼자 남겨졌다.

20

"우리가 왜 헤어져."

해솔이 떨리는 목소리로 말했다. 도담은 체념한 듯 무표정하게 서 있었다. 해솔은 싸늘하게 식은 그 표정에 겁이 났다. 빗줄기가 매우 가늘어 안개처럼 부옇게 보였다. 정미가 다녀간 다음 날, 두 사람은 도담의 집 앞에서 우산도 없이 내리는 안개비를 맞으며 서 있었다.

"떨어져 지내면 오히려 괜찮을 거야. 너무 같이 붙어 있으려고 했던 게 문제였던 것 같아."

해솔이 달래듯 말했다. 헤어지지만 않기를 바라는 간절한 목소리였다. 도담이 고개를 저었다.

"이젠 헷갈려."

"뭐가 헷갈린다는 거야?"

"너도 그렇지 않아? 나한테 잘하는 게 미안해서인지, 사랑해서인지."

도담은 화내지 않고 조곤조곤 말했다. 간밤에 마음의 결정을 내린 사람처럼.

"나 너 사랑해. 하나도 안 헷갈려."

해솔이 도담에게 손을 뻗었다. 도담은 팔을 뒤로 빼며 그 손을 피했다. 해솔이 놀랐다. 도담이 해솔을 지친 얼굴로 바라봤다.

"내가 못되게 굴어도, 너는 제대로 화도 못 내. 왜? 너는 죄인이니까. 네가 그렇게 생각하니까."

"……."

"그리고 난 자꾸 너한테 함부로 하고 못되게 굴어. 그거 알아? 상대방이 비굴하게 굴면 더 그렇게 만들고 싶어진다?"

"……."

"너도 지쳤잖아."

"아니야."

다시 해솔이 도담의 손을 잡으려고 했다. 이번에도 도담은 어깨를 움츠리며 양팔을 바짝 몸 쪽으로 붙였다. 손바닥을 보이고 닿기 싫다는 듯한 제스처였다.

"우린 애인이 아니라 채무 관계 같아. 서로 빚진 사람들 같다고."

숨 막히는 적막이 두 사람 주위를 감돌았다. 해솔은 이 상황을 받아들이지 못하는 듯 고개를 저었다.

"어머니는 우리 행복하게 지내는 거 보면 달라지실 거야. 어머니 예전에 나 좋아하셨잖아."

"엄마 문제가 아니라 너랑 내 문제야."

"도담아, 나 사랑해?"

도담은 답답한 표정으로 해솔을 바라봤다.

"해솔아, 우린 다른 감정이 더 커진 것 같아."

"아니야."

"내가 그렇게 느껴."

"우리가 어떻게 헤어져. 너 후회 안 할 자신 있어?"

"너 별로 안 행복해 보여. 나도 별로 안 행복하고."

"사랑해, 도담아."

해솔이 애원하며 도담을 끌어안았다. 아이가 품에 파고들 듯이 몸을 움츠리고 자신보다 훨씬 작은 도담의 가슴께에 얼굴을 파묻었다. 도담이 애처로운 표정으로 해솔의 머리를 안으려다 참았다.

"네가 사랑해라고 하는 말이 이젠 미안해라고 들려."

도담의 말에 해솔은 충격받은 채 서 있었다. 도담이 해솔에게서 떨어져 나왔다.

"나는 보통 사람들처럼 살고 싶어."

해솔이 불안하게 서성이더니 눈시울을 붉히며 금세 울상
이 됐다.

"네가 떠나면, 그러면 나는 완전히 혼자잖아."

"……."

"도망가지 마. 너도 책임이 있잖아. 네가 나한테 이러면 안
되잖아!"

해솔이 아이처럼 울부짖었다. 해솔은 스스로 입을 다물어
버리고 싶었다. 도담을 붙잡으려고 상처 주고 죄책감을 자극
하는 말을 꺼냈다. 그러나 도담은 흔들리지 않았다.

"잘 지내."

도담이 자리를 떠났다. 해솔은 붙잡을 수 없었다. 도담의
마지막 눈빛이 단호했다. 해솔은 서 있던 자리에 털썩 주저앉
아 흐느껴 울었다. 도담은 돌아보지 않았다.

21

2년 뒤, 2012년

"휴가가 안 맞아서 죄송해요."

휴게실 수화기 너머에서 외삼촌이 휴일에 맞춰 휴가 나올
수 있냐고 물었을 때, 스물네 살이 된 해솔은 소방서에서 의
무 소방대원으로 군 생활을 하고 있었다. 외삼촌은 살갑지는
않았지만 그래도 해솔이 군 생활을 하는 동안 연락해 오는
유일한 사람이었다. 실은 휴가를 조정할 수 있었는데 해솔은
그렇게 하지 않았다. 미칠 듯이 외로우면서도 혼자 있고 싶었
다. 이번 11월 휴가에는 할머니를 보러 혼자 요양원에 다녀올
생각이었다.

"그래, 해솔아, 다음 휴가 나오면 꼭 연락해라. 또 말도 안 하고 나왔다 들어가지 말고."

지지난 휴가 때는 외삼촌 집에서 신세를 졌었다. 비좁은 집에서 눈치가 보였다. 외삼촌 부부는 해솔이 머문 그 이틀 동안 돈 문제로 싸워 댔다. 외삼촌이 벌인 사업이 잘되지 않은 모양이었다.

소방서 생활은 단순하고 명료했다. 해솔은 구조대와 출동을 함께 나가 보조 역할을 했다. 주로 힘쓰는 일이나 허드렛일이었다. 아주 가끔은 심하게 훼손된 신체 조각을 줍는 일도 했다. 산에 요구조자가 생겨 산꼭대기를 오를 때 뒤처지거나, 들것을 들고 내려올 때 힘이 부족하면 현장에서 도움이 될 수 없었다. 해솔은 구조대원들을 따라 체력 단련실에서 역기를 들며 몸을 만들었다. 매번 탈진할 정도로 운동하고 나면 잡생각이 사라지는 게 좋았다. 뙤약볕 아래 땀 흘리며 두 번의 여름을 보낸 후 근육이 붙고 그을린 해솔은 더 이상 하얗고 가늘어 툭 치면 부러질 것 같던 모습이 아니었다. 해솔은 말수가 적어졌고 좀처럼 감정을 드러내지 않았다. 지난 2년간 기쁠 일도 슬플 일도 별로 없었다. 감정도 퇴화하는 걸까. 해솔은 차라리 식물이 되고 싶었다. 욕구도 욕망도 줄어들면 좋겠다고 생각했다.

도담과 헤어진 후 해솔은 사는 데 아무 의미를 찾지 못했다. 미래는 보이지 않았고 사람들과 어울리지도 않고 죽은 사람처럼 지냈다. 창석이 나중에 군대 갈 때가 되면 꼭 소방서로 오라고 했던 말이 기억났다. 도피하듯 소방서로 군대를 갔다. 산과 강으로 둘러싸인 이곳 선천의 풍경은 진평과 비슷했다. 해솔은 늘 도담을 생각했다.

"이해솔 수방님, 내일 휴가 나가시는데 오늘 밤은 제가 대신 출동 나가 드립니까?"

박 일방이 너스레를 떨었다. 네 명의 후임들과 구내식당 테이블에 앉은 석식 시간이었다. 마주 앉은 박 일방은 해솔을 잘 따르는 후임이었다. 해솔은 됐다고 웃으며 거절했다.

"아, 그러다 새벽 출동이라도 걸리면 어떡합니까?"

"뭐 좀 늦게 나가지. 어차피 약속도 없는데."

"에이, 그러지 말고 일찍 나가서 여자 친구도 좀 사귀고 그러지 말입니다."

박 일방은 끈질겼다. 해솔이 나가서 만날 사람이 없다는 말이 안쓰러운 모양이었다. 자세한 건 몰라도 해솔의 부모님이 돌아가셨다는 사정은 후임들도 알고 있었다. "분발하십시오!" 박 일방의 선창에 네 명의 후임들이 "분발하십시오!" 하고 복창하더니 한마디씩 거들었다.

"이 수방님, 여자 친구는 노력해야 생기는 거지 말입니다."

"이 수방님, 모쏠 아닙니까?"

해솔이 그저 웃었다. 해솔은 자기 몫의 맡은 일을 묵묵히 했지만 그렇다고 후임들에게 싹싹하게 굴지도 않았다. 말수가 적고 농담에도 끼지 않는 해솔을 후임들은 사회성이 떨어지는 사람으로 봤다.

박 일방은 입대 전부터 여자 친구를 만들려고 필사적이었다. 지난 6개월간 지극정성으로 노력하더니 어느 날 정말 귀여운 여자 친구가 서울에서 3시간은 걸리는 이곳까지 도시락을 싸 들고 면회를 왔다. 의기양양해진 박 일방은 선, 후임들에게 충고와 조언을 아끼지 않았다. 하지만 해솔은 자신을 알았다. 알콩달콩 만나는 둘의 모습을 보면 부럽기도 했지만 자신에게는 그런 게 주어지지 않을 거라고 생각했다. 자신이 누군가에게 먼저 다가간다는 것은 일어나지 않을 일이었고, 그런 자신이 누굴 만나는 건 힘들다는 걸 알았다. 그런 걸 바라지도 않았다. 2년이 더 지났지만 해솔은 여전히 도담을 그리워하고 있었다.

그날 새벽, 불 꺼진 내무실에서 해솔은 도담 생각에 잠 못이루며 뒤척였다. 눈을 감으면 건너편 손을 뻗어 닿을 거리에 아직도 도담이 있을 것만 같았다. 함께 자다 깨면 가슴팍에 안겨 오던 도담의 뜨거운 숨결이 생생했다. 그때 스피커 켜지는 소리가 들렸다. 귀가 예민한 해솔은 자리에서 벌떡 일어섰다. 뒤이어 출동 벨이 울리고 지령이 흘러나왔다.

"구조 출동. 선천 고속도로 교통사고, 요구조자 파손된 차체에 끼어 탈출하지 못하고 있다고 함."

눈을 비비며 자신을 보는 박 일방에게 해솔은 구박하는 표정을 짓고는 뛰어 내려갔다. 출동 얘기를 꺼내면 출동이 걸린다는 징크스 때문이었다. 해솔은 재빨리 구조공작차 뒷좌석에 올라탔다. 구조공작차가 사이렌을 울리며 사고 현장을 향해 달려갔다.

밤길을 달려 도착한 사고 현장은 처참했다. 뒤에 있던 SUV 차량이 추돌한 앞의 승용차는 가드레일을 들이받고 반파된 상태였다. SUV를 몰던 40대 남성은 비틀거리며 차에서 내렸다. 상처 하나 없이 멀쩡해 보이는 그에게서 소주 냄새가 났다. 랜턴을 켜자 찌그러진 승용차 안에 두 사람이 있었다. 요구조자를 꺼내기 위해 구조대원들이 유압 절단기로 신속하게 차 문을 개방했다. 그동안 해솔은 멀찌감치 도로에 가서 안전삼각대를 세우고 경광봉을 흔들며 차량을 통제했다. 사고 지점은 어두운 커브 구간으로 캄캄했다. 심야 고속도로에서는 과속하는 차들이 위협적으로 쌩쌩 달리고 있었다.

구조대원들이 요구조자를 꺼냈지만 뒷좌석의 남자아이는 이미 숨져 있었다. 뼈가 드러나고 내장이 쏟아져 나온 참혹한 모습이었다. 30대로 보이는 아이 엄마는 피투성이가 된 얼굴로 비명을 질러 댔다. 사고는 남녀노소를 가리지 않는다. 해솔은 배 속이 뜨거워지고 구토감이 올라왔다. 처참한 상황을 여러 번 목격했지만 이런 건 도무지 익숙해지지 않았다. 그 순간 레커차 하나가 어둠 속에서 튀어나와 해솔에게 달려들었다. 브레이크를 밟는 요란한 소리와 함께 해솔은 온몸이 얼어붙어 소리 내지도 못하고 그대로 주저앉았다. 끼이이이익. 불길한 고음이 울려 퍼지고 타이어 고무 타는 냄새가 났다. 스키드 마크를 남기며 간발의 차이로 해솔을 비껴간 레커차는 돌아보지도 않고 시야에서 사라졌다.

소방서로 복귀하는 길에 해솔은 구조공작차 뒷좌석에 앉아 덜덜 떨며 머리 위의 보조 손잡이를 꼭 잡고 있었다.

"해솔아, 괜찮냐? 쟤 내일 휴가 나가는데 큰일 날 뻔했잖아."

"다치지 마라. 네 몸 네가 챙겨야지. 군대에서 다치면 너만 손해야."

대원들이 한마디씩 했다. 해솔은 심장이 뛰고 있는지 왼쪽 가슴에 손을 대고 확인해 봤다. 보통 같으면 괜찮습니다, 하고 웃으며 너스레를 떨었을 텐데, 얼이 빠져 아무 반응도 하지 못했다.

내무실로 돌아오자 후임들이 평온하게 잠들어 있었다. 랜턴에 비친 사고 현장의 참혹한 풍경. 경광등의 빨간빛에 붉게 물든 필사적인 구조대원의 얼굴들. 사고를 낸 사람의 얼굴. 울고 있던 아이 엄마의 얼굴이 머리에서 떠나지 않았다. 온열기가 회전하며 죽은 듯 잠든 후임들 얼굴에 붉은빛이 지나갔다. 내가 단 한 발짝만 움직였어도……. 해솔은 방금 자신이 죽음의 언저리에 아주 가까이 갔다는 것을 실감하며 자고 있는 후임들의 얼굴을 한참 바라봤다.

*

달리는 기차의 창밖으로 햇빛에 반짝이는 강물이 아름답게 펼쳐졌다. 휴가를 나가는 해솔의 머리에 지난밤의 끔찍한 이미지가 잔상처럼 남았다. 3일 후에는 소방서로 복귀해야 했다. 후임들이 들으면 미쳤다고 하겠지만 해솔은 복귀라는 단어가 좋았다. 돌아갈 곳이 있다는 사실이 좋았다. 곧 전역하고 나면 돌아갈 곳이 사라지고 다시 혼자가 된다는 게 걱정이었다. 학교를 마음 둘 곳이라고 여기지는 않았다. 이번 휴가에도 해솔은 지난번처럼 학교 근처에 있는 찜질방에 가서 자려고 했다. 더 이상 생활이 팍팍한 외삼촌 집에서 신세 질 수는 없었다.

해솔은 학교 도서관에 가서 도담에게 메일을 썼다. 늘 도담을 생각했지만 행동에 옮기는 데는 계기가 필요했다. 지난

밤 죽을 뻔한 경험이 그런 용기를 내게 만들었다.

　도담아, 잘 지내니. 나 해솔이야.

　네가 다 잊고 지내고 싶을 것 같아 연락하는 게 조심스럽다.
메일을 썼다 지운 적이 여러 번이야. 휴대폰 번호 바뀐 것 같더
라. 네 소식이 많이 궁금하고, 꼭 만나서 하고 싶은 이야기가
있어. 네가 항상 건강하고 행복하길 바랄게. 내 연락처는…….

　메일을 쓰면서 해솔은 도담에 대한 사무치는 그리움으로
가득 차올랐다. 도담에게 나는 떠올리기 싫은 존재가 되어 버
린 걸까. 그렇게 생각하니 가슴이 무너져 내렸다.

　도서관 폐관을 알리는 클래식 음악이 흘러나올 때까지 해
솔은 종일 책 속에 파묻혀 있었다. 도서관이 닫을 때면 그때
까지 남아 있던 다른 사람들과 함께 우르르 나와 각자 흩어
져 어두워진 캠퍼스를 걷는 게 해솔이 좋아하는 순간이었다.

　"해솔이 맞아? 제대한 거야?"

　어두운 캠퍼스를 배회하고 있는 해솔을 알아보고 말을 걸
어온 건 도서관에서 공부를 마치고 나온 선화였다. 재수해서
해솔보다 한 살이 많은 동기였다. 신입생 환영회와 전공 수업
에서 본 이후로 해솔이 학과 생활을 하지 않아 따로 어울린
적은 없었는데, 선화는 원래 친했던 사이처럼 해솔에게 말을

걸었다.

"휴가 나왔지."

"휴가 나와서 도서관 왔다고? 약속은?"

"없어."

해솔이 멋쩍게 웃었다. 선화가 이상한 애라는 듯 큰 눈으로 해솔을 바라봤다.

"술 마시자. 휴가 나왔으면 술 마셔야지!"

선화는 마침 술이 마시고 싶었는데 잘됐다고 했다. 내내 혼자였던 해솔은 누군가 자신에게 함께 시간을 보내자고 제안하는 일이 정말 드문 순간이라는 걸 잘 알고 있었다. 술을 마시면 그 끔찍한 이미지를 떨쳐 버릴 수 있을까. 무엇보다 해솔은 외로웠다. 대화가 고팠다.

두 사람은 학교 앞 파전집에서 막걸리를 마셨다. 선화는 아는 사람을 만나 술을 마시는 게 신이 난 듯 쉬지 않고 재잘거렸다. 정말 오랜만에 노는 거라면서 요즘 아무 즐거움도 없이 공부만 하는 기계가 된 것 같다고 스트레스를 토로했다. 집안 형편 때문에 빨리 졸업하고 제약회사에 들어가 돈을 벌고 싶다고 했다. 해솔은 소방서 생활과 할머니 얘기를 들려주었다. 선화는 자기도 할머니 손에 컸다며 반가워했다. 초등학생 때 부모님이 이혼한 후 할머니 손에서 자랐다고 거리낌 없이 말했다. 해솔의 술잔을 채워 주며 선화가 물었다.

"너는 복학하면 어떡할 거야?"

"뭐, 졸업하면 우선 페이 약사로 일하려고."

해솔은 미래에 대해선 별다른 의욕이 없었다.

"흐음, 그렇구나." 하며 선화는 술을 한 모금 마셨다. 잠시 심심한 정적이 흘렀고 "너는 무슨 재미로 살아?" 하고 선화가 물었을 때 해솔은 노람을 생각하고 있었다. 도담은 요즘 누구와 시간을 보내고 있을까. 여전히 술을 자주 마시고 있을까. 조금 취한 선화는 검지로 해솔을 푹 찌르며 말했다.

"심각한 애구나, 너. 우리 춤추러 가자!"

선화를 따라서 처음으로 간 힙합 클럽 안은 쿵쿵 울리는 베이스 소리에 귀가 먹먹했다. 스모그와 술 냄새, 약간의 땀 냄새가 섞여 있었다. 시끄러운 음악 속에서 신나게 춤을 추는 선화와 두 눈을 마주 보면서 해솔은 이상한 기분에 휩싸였다. 나는 사실 지난밤 레커차에 치여 그 고속도로에 누워 있는 게 아닐까. 지금 환상을 체험하고 있는 게 아닐까. 아직도 타이어 고무 탄 냄새가 느껴지는 듯했다. 해솔은 선화를 따라서 후카를 피웠다. 보라색 조명이 번쩍이는 클럽 안은 정신 사나웠고 처음으로 피워 보는 물담배에선 보글보글 소리가 났다. 해솔은 입에서 뿜어져 나오는 연기 사이로 도담이 춤추는 모습을 상상했다. 술 마시는 것도 클럽에 가는 것도 왜 도담에게 져 주지 않았을까 후회됐다. 도담이 싫어한 재미없는 자신의 모습이 지긋지긋했다. 해솔도 좀 풀어지고 내려놓고 만취해 보고 싶었다. 선화가 가르쳐 주는 대로 손등의 소금을 핥고 테킬라를 털어 마시고는 라임 조각을 깨물고 얼굴을 잔뜩 찡그렸다. 리듬에 몸을 맡기고 어설프게 흔들며 춤을 췄다. 그 모습을 보고 선화가 웃었다. 정신이 몽롱했고 진짜 같지 않았다.

정신을 차려 보니 해솔은 선화와 한강 공원 둔치에 앉아 있었다. 시끄럽고 정신없던 음악이 뚝 끊기고 조용해진 느낌이었다. 갑자기 한강을 걷고 싶다는 선화의 말에 택시를 잡아탄 게 기억났다. 선화는 해솔의 어깨에 기대어 자고 있었다. 날씨가 쌀쌀했다. 해솔은 어깨에서 흘러내린 선화의 가죽 재킷을 잘 덮어 주었다. 그렇게 계단에 앉아서 유유히 흐르고 있는 강물을 바라봤다. 새벽의 한강은 너무 넓고 아무도 없어 유령 도시에 둘만 있는 느낌이 들었다. 강 건너 빌딩들 사이로 어슴푸레하게 동이 트고 있었다.

"한강에서 밤을 다 새워 보네."

술과 잠에서 깬 선화가 머리를 기댄 채 말했다.

"사실 나 얼마 전에 남자 친구한테 차였다? 그래서 뭔가 반발심에 너랑 술 마신 거야. 미안해."

해솔은 웃음이 나왔다. 둘 다 다른 사람을 생각하고 있었구나. 해솔도 도담 생각뿐이었기에 개의치 않았다. 강물에 새벽 도시의 불빛들이 반사되어 반짝였다. 아름다운데 왠지 눈물이 날 것 같았다. 모두 강물처럼 흘러가고, 볼 수 없게 되어 버리고……

그 순간 묵직한 뭔가가 물에 빠지는 소리가 크게 났다. 깜짝 놀란 두 사람은 뭐야, 하고 소리가 들린 쪽을 바라봤다. 수면은 아무 일도 없던 것처럼 고요했다. 차들이 달리는 소리가 들려왔지만 아직 깨어나지 않은 도시는 조용했다. 잠시 후 저 멀리 수면에서 허우적거리는 허연 팔이 보였다. 해솔이 잽싸게 자리에서 일어나 튀어 나가며 말했다.

"119에 신고해!"

해솔은 선화가 붙잡기도 전에 순식간에 강물로 뛰어들었다.

"야, 미쳤어!"

선화가 비명을 질렀다. 해솔은 꽤 멀어 보이는 거리를 헤엄치기 시작했다. 물은 얼음장처럼 차가웠고 순식간에 술이 깼다. 오로지 살려야 한다는 생각에 해솔은 팔다리를 힘차게 저었다. 한참을 수영했는데도 좀처럼 가까워지지 않았다. 한강 물 한가운데 멈춰서 보니 깜깜해서 한 치 앞이 보이지 않았고 바다처럼 넓게 느껴졌다. 체온이 급격하게 떨어졌고 뒤늦게 너무 무모했다는 생각이 엄습했다. 겁이 났다. 어두운 한강에서 죽을 수도 있겠다는 강렬한 공포에 사로잡혔다. 지금이라도 얼른 뭍으로 돌아가고 싶었다. 순간 해솔은 창석을 떠올렸다. 그날 랜턴에 비쳤던, 미영을 구하기 위해 시커먼 물에 뛰어들었던 창석. 해솔은 더 나아갔다. 결국 물에 빠진 사람이 허우적거리고 있는 지점에 가 닿았고 있는 힘을 다해 그를 움켜잡았다.

해솔이 건져 올린 사람은 고등학교 교복을 입은 남학생이 었다. 뭍에 꺼내진 학생은 차갑게 얼어붙어 호흡이 없었다. 상태를 확인한 해솔은 훈련받은 대로 지체 없이 심폐 소생술을 시도했다. 체중을 실어 온 힘을 다해, 갈비뼈가 부러지지 않을까 싶을 정도로 강하게 누르라고 배웠다. 한참 흉부를 압박하는 동안 해솔은 가슴이 터질 것 같았다. 수차례 반복하던 중 하얗게 질려 있던 학생이 쿨럭거리며 숨을 토해 냈다. 해솔의 눈에 안도의 눈물이 차오르고 심장이 빠르게 뛰었다. 학생이 바들바들 떨었다. 체온을 높이기 위해 해솔은 학생을 온몸으로 끌어안고 다급하게 등을 쓰다듬었다. 선화도 가세해 새하얗게 질려 오들오들 떨고 있는 해솔과 학생을 덮듯이 안았다. 해솔은 선화의 따뜻한 체온에 몸이 녹는 것을 느꼈다. 멀리서 구급차 사이렌 소리가 새벽의 고요함을 깨고 점점 가까워 오고 있었다.

*

소방서에 복귀한 해솔은 표창을 받고 9시 뉴스에까지 나오
면서 화제가 됐다. 해솔이 한강에 뛰어드는 CCTV 영상이 공
개됐다. 어떻게 그렇게 지체 없이 뛰어들 수 있었냐는 기자의
질문에 해솔은 "제가 아닌 누구라도 뛰어들었을 겁니다."라고
모범적으로 대답했다. 해솔은 어디선가 도담이 뉴스를 볼 수
도 있을 거라고 생각했다.

그날 꿈에 도담이 나왔다. 해솔은 도담과 함께 진평의 언
덕을 걷고 있었다.

"뉴스 봤어. 어떻게 소방서에 간 거야?"

"최 반장님이 군대 가면 꼭 소방서로 오라고, 튼튼한 구조
대 사나이로 만들어 주신다고 하셨거든."

해솔은 도담에게 단단해진 가슴팍을 만져 보라며 근육을
자랑했다. 도담이 웃었다. 끔찍한 일이 일어나기 전 보았던
환한 웃음이었다. 도담이 보고 싶었다며 해솔을 끌어안았다.
꿈이라기엔 도담을 품에 안은 따뜻한 느낌이 너무나 생생했
다. 행복해서 깨고 싶지 않았다. 해솔은 눈물에 젖어 꿈에서
깼다.

해솔이 구한 학생이 아버지와 함께 선천에 인사를 왔다. 학
생은 수능을 치른 당일, 성적을 비관해서 종일 배회하다 그

새벽 마포대교에 올랐다고 했다. 해솔은 자신을 미워하며 다리 위에서 검은 강물을 내려다보던 때를 떠올렸다. 학생이 해솔에게 손으로 쓴 편지를 건넸다. 하루하루 감사한 마음으로 열심히 살아가겠다는 내용이었다.

해솔은 습관적으로 도담에게 보낸 메일을 확인했지만 메일은 계속 읽지 않은 상태였다. 뉴스를 보고 연락이 온 건 기대와는 다른 사람이었다. 어느 주말 내무실에서 책을 읽고 있는 해솔을 사무실에서 호출했다. 구조대원들이 실실 웃고 있었다.

"이야, 해솔이 너 능력 좋다?"

"우리는 여기서 뺑이 치고 있을 때 나가서 여자 친구 만들었냐?"

사무실에 와 있는 사람은 굽 높은 구두를 신고 한껏 멋스럽게 꾸미고 온 선화였다. 예상 밖의 손님에 해솔은 놀랐다. 선화는 놀라운 친화력으로 사무실에 음료수도 나눠 주고 구조대원들과도 벌써 친해진 듯 보였다. 선천까지 해솔의 면회를 온 사람은 선화가 처음이었다. 둘은 변화가라고는 없는 선천의 읍내 다방에서 커피를 두고 마주 앉았다.

"걱정돼서 왔어."

강물에 뛰어드는 해솔을 보면서 선화는 걱정이 됐다고 했다. 무모하게 강에 뛰어드는 모습이 삶을 내던지는 사람 같았다고. 선화는 신입생 때 해솔에게 관심이 있었는데 해솔이 학과 생활을 하지 않아 친해지지 못해 아쉬웠다고 했다. 해솔은 선화가 자신을 걱정해서 선천까지 온 마음이 고마웠다.

해솔은 휴가를 나갈 때마다 선화와 만났고, 선화는 종종 휴가까지 기다리지 못하고 해솔을 보러 선천까지 왔다. 둘이 사귀기로 한 날, 복귀하는 길에 소망서 앞 골목에서 두 사람은 처음으로 입을 맞췄다. 해솔은 도담을 잊지 못한 게 마음에 걸렸지만 생각을 삼켰다. 지난 몇 년간 해솔은 물속에서 허우적거리며 계속 떠내려가고 있는 기분이었다. 선화가 손을 내미는 것처럼 느껴졌다. 해솔은 구명환 같은 그 손을 잡았다.

3부

22

6년 뒤, 2018년

"무릎을 이렇게 굽힌 상태에서 허리를 펴면 허리에 부담이
덜 가요."

도담은 재활 치료실에서 시범을 보이며 40대 여성과 물건
들어올리는 연습을 하고 있었다. 그녀는 도담이 가르쳐 준 대
로 물건을 천천히 들어올렸다가 내려놓더니 훨씬 낫다며 환
하게 웃었다. 도담도 웃었다.

"안 되던 동작이 되니까 이제 설거지도 하고 살림 좀 할 수
있겠네. 정말 고마워요."

재활을 마친 그녀는 도담의 손을 꼭 잡고 인사하며 나갔

다. 도담은 이제 서른 살, 6년 차 물리치료사였다. 도담이 일하는 종합병원에는 직업병으로 치료받는 사람, 갑작스러운 사고를 당해 오는 사람이 많았다. 재활 치료실에서 반복되는 매일이 권태롭기도 했지만 어떻게 하면 환자가 빨리 호전될까 고민하고 회복에 도움을 줄 수 있어 보람도 있었다. 오후에는 다리 한쪽이 절단돼 의족을 착용한 50대 남성이 걷는 연습 중에 절망하고 눈물을 글썽였다. 이런 상황에 인이 박인 도담은 환자를 부축하며 능숙하게 그를 달랬다.

"박영수 님, 울지 말고. 힘내셔야죠. 따님 결혼식 입장 같이 하는 게 소원이시라며. 자, 힘내서 한 번만 더. 옳지."

모처럼 회식까지 마치고 밖에 나오니 밤공기가 선선했다. 끝날 것 같지 않던 뜨거운 여름도 지나가고 계절이 가을로 바뀌었다는 걸 알아차린 날이었다. 회식에서 한 잔 마신 맥주는 해갈은커녕 갈증만 났다. 이제는 예전처럼 정신을 놓기 위해 폭음하지 않았다. 승주가 다른 일을 보고 가는 길에 도담을 픽업했다.

"오늘도 고생했어."

승주가 다정히 인사하며 하루가 어땠냐고 물었다.

"별일 없어. 똑같았지, 뭐."

강변북로를 달리는 차 안에서 도담은 '사망 2명, 부상 126명'이라고 쓰인 교통사고 통계전광판을 무심하게 바라봤다.

시선을 차창 밖의 한강으로 옮겼다. 도시의 야경이 아른아른 비치고 있는 검은 강물은 이제 도담에게 별다른 감흥을 주지 않았다. 그 일이 있던지 12년이 지났다. 지우려고 그토록 애를 써서일까. 가끔 진평에서의 기억을 떠올리면 그게 정말 자신에게 벌어진 일이었나 아득했다. 정확히 기억나지 않는 악몽처럼, 전생의 일처럼 느껴졌다.

어서 승주를 안고 싶었다. 금요일 밤이면 두 사람은 승주의 집에서 영화를 보며 일주일의 피로를 풀곤 했다. 네 살 연상인 승주와는 1년째 만남을 이어 가고 있었다. 뜨겁진 않았지만 함께 시간을 보내는 존재가 있는 것은 좋았다. 승주는 무던한 성격에 혼자만의 시간을 중요시했고 도담에게 많은 것을 바라지 않았다. 그의 말로는 20대 후반에 한차례 파혼을 겪고 지쳤다고 했다. 지친 건 도담도 마찬가지였다. 해솔 이후에도 연애는 잘되지 않았다. 연인들은 좀처럼 애정 표현을 하지 않는 도담에게 자신을 좋아하긴 하냐고, 왜 마음을 열지 않는 거냐고 물으며 애정을 갈구했다. 상대가 사랑한다고 말하면 도담은 화답하지 못했다.

결국 이렇게 될 거면서. 고작 이렇게 될 거면서. 도담은 가끔 해솔을 떠올렸다. 몇 차례 짧은 연애를 했지만 해솔처럼 특별한 사람, 그만큼 뜨겁고 깊이 빠졌던 사람은 없었다.

사랑에 빠지지 않겠다고 다짐했지만 오랜 혼자는 외로웠

다. 도담은 병원과 집만 오가며 누구와도 교류하지 않고 고립된 섬처럼 지내고 있었다. 1년간 함께 일한 동료이자 선배인 승주는 새로운 직장에 온 도담의 적응을 도왔다. 예민한 환자들로 지치는 가운데도 승주는 항상 친절했고 배울 점이 많았다. 승주와 함께 밥을 먹고 가까운 공원을 산책하며 나누는 30분 정도의 대화가 도담과 세상을 잇는 끈이었다. 승주는 10대 시절 내내 아빠의 일 때문에 부산이며 대전이며 전학을 다니느라 오래도록 연락하고 지내는 친구가 없다고 했다. 그런 승주의 말에 도담은 나직이 웃으며 말했다.

"베스트 프렌드 같은 거 나도 없어요."

"이상하다. 왜 내가 친구 없다고 하면 다들 자기도 친구 없다고 하지."

그렇게 수줍게 웃으며 외로움을 드러내는 승주에게 마음이 갔다. 출근하지 않는 날 혼자 밥을 먹을 때면 승주가 보고 싶었다. 정이 들었나. 외로웠지만 누군가와 가까워지는 것은 여전히 두려운 일이었다. 도담은 승주의 다정함에 끌리는 마음을 애써 눌렀다. 이대로도 좋다고 생각했다. 나 하나 건사하기도 힘든 세상에서 서로를 의지한다는 건 함께 가라앉는 것 같았기에. 도담은 더 이상 먼저 손 내미는 사람이 아니었다.

그런 도담이 승주와 가까워진 계기는 승주의 이직 때문이었다. 다른 병원으로 이직을 앞두고 승주가 맥주와 안주가 맛

있는 집을 안다며 둘이서 송별회를 하자고 했다. 도담은 거절하지 않았다. 밖에서 따로 만나는 것은 처음이었다. 일식집에서 둘은 나란히 바에 앉아 야키토리와 함께 맥주를 마셨다. 맥주를 두 잔째 비웠을 때 승주는 자신의 지난 연애 이야기를 들려줬다.

"저는 이별에 영 소질이 없는 것 같아요. 도담 씨는 이별 잘해요?"

"글쎄요. 이별을 잘하고 못 하는 게 있나?"

"사람들이 대체 어떻게 이별을 받아들이면서 사는지 모르겠어요. 계속 이별하며 사는 게 현대인들 우울의 원인 중 하나인 것 같아요. 가장 꾸밈없는 모습을 보이고 내밀했던 친구를 잃고서 살아간다는 게. 세상에서 자신을 정말 잘 아는 사람을 잃는 거잖아요. 그게 누적되는 거 같아요. 새로운 누군가를 만나서 잊고 치유되는 것도 있긴 하겠지만 대체되지 않는 부분도 있는데요."

"그건 어쩔 수 없는 거 아닌가요. 뭐 다른 방법이 있나요?"

"쭉 헤어지지 않고 지내는 거죠."

승주가 장난스러운 웃음을 지었다. 도담이 어떻게 그럴 수 있냐는 듯 쳐다봤다. 승주가 손날을 허공에 대고 끊는 시늉을 했다.

"단절은 너무 아프잖아요. 저는 헤어지고도 친구처럼 지내는데 데미지가 확실히 덜 해요."

승주는 헤어진 연인들과 생일에 선물도 주고받고 같이 보낼 사람이 없으면 함께 식사도 한다고 했다.

"나이 들수록 점점 외로워질 텐데, 평생에 연인으로 인연을 맺었던 두세 명쯤은 챙겨 주고 위해 주고 그렇게 지내도 괜찮지 않아요?"

도담은 그 말을 듣고 해솔을 떠올렸다. 해솔과 그렇게 지냈다면 어땠을까. 승주의 이야기를 들어 보니 관계를 흐릿하게 맺는 만큼 이별도 모호해지는 게 그의 방법이었다. 어쩌다 그런 생각을 하게 되었냐는 도담의 물음에 승주는 청첩장까지 돌렸던 여자 친구와 파혼한 이야기를 들려줬다.

"여자 친구 집에 서프라이즈 해 주려고 갔는데 안에서 다른 남자 목소리가 들리더라고요. 집으로 돌아와서 모르는 척할까 한참을 고민했어요."

"모르는 척하려고 했다고요?"

"네, 눈 감으려고 했어요. 헤어질 자신이 없었거든요."

"……."

"결혼하고 시간이 지나면 돌아오겠거니 생각했어요……. 그런데 그 친구가 먼저 고백하더라고요. 다른 사람과 사랑에 빠졌다고."

승주가 목이 타는지 맥주를 들이켰다. 도담은 승주가 느꼈을 마음이 어떤지 짐작할 수 있었다. 진평 시절 자신의 모습이 떠올랐다.

"배신감보다도 관계를 잃었다는 게 더 괴롭더라고요. 그 이후로 다시는 그런 아픔을 겪고 싶지 않았어요."

"그래서 그런 과거 때문에 연애는 안 하고 애매모호한 만남만 한다고요? 에이, 핑계 좋네요."

어쩐지 도담의 입에서는 냉소적인 말이 튀어나왔다. 승주가 사랑에 대한 책임감이 없는 남자이면서 그런 자신을 잘 포장한 것 같았다.

"그런가요?"

승주는 순간 표정이 굳었다가 어색하게 웃으며 반문했다. 도담은 아차, 싶었다. 무례했다. 어쩌면 승주는 자신의 가장 어려운 문제를 이야기한 걸 수도 있었다. 자신이 겪은 일과 비교하며 남의 상처를 가볍게 치부하는 냉소적인 태도는 20대 내내 도담이 극복하려 했던 것이었다. 상처를 자랑처럼 내세우는 사람은 얼마나 가난한가. 나는 한 치도 변하지 않았구나. 도담은 익숙한 자기혐오에 휩싸였다. 왜 그랬을까. 상처를 받고 위험을 피하려는 승주의 모습이 나와 비슷해서 싫었을까. 아니면 나도 모르게 승주에게 다른 뭔가를 기대했던 걸까.

둘은 한동안 말없이 술을 마셨다. 승주의 표정과 둘 사이에 흐르는 공기가 확연히 달라져 있었다. 그간 도담은 관계에서 지금처럼 조금의 균열이라도 생기면 포기하고 도망치거나 먼저 끊어 내는 방식으로 자신을 고립시켰고, 오랜 시간 혼자였다. 그게 도담의 생존법이었다. 도담은 그 패턴을 끊어 내고 싶었다. 더는 혼자이고 싶지 않았다. 도담은 진지한 표정으로 입을 열었다.

"저, 승주 씨, 제가 함부로 말했어요. 미안해요. 사과할게요. 변명 같겠지만, 저야말로 누구보다 과거에서 벗어난 구김 없는 사람으로 보이고 싶어서 그런 말을 한 거 같아요."

승주는 의외라는 듯 약간 놀란 얼굴로 도담을 빤히 봤다. 그러더니 금세 표정을 풀고 웃으며 말했다.

"그 사과 받아들일게요."

도담이 얕게 한숨을 내쉰 뒤 승주를 보며 물었다.

"그 사람한테 죄책감은 없었는지 물어봤어요?"

"아니요, 아무것도 묻지도 않고 화도 내지 않고 그냥 헤어졌어요. 도망치듯이."

"……적어도 물어볼 수는 있잖아요."

도담은 맥주잔을 비우고 혼잣말처럼 중얼거렸다. 영영 물어볼 수 없는 사람도 있는데……. 승주도 떠올리기 싫은 실망스러운 기억을 가졌구나. 사람들은 저마다 깊은 우물을 가지고 살아가는구나. 도담은 동질감을 느꼈다. 일하는 동안 승주가 늘 쾌활하고 밝은 모습이었기에 더욱 놀랐다. 그간 도담에게 호감을 품고 다가오는 남자도 드물게 있었지만 도담은 자신만만한 그들에게 그다지 끌리지 않았다. 오히려 힘든 일을 겪고 절망에 빠진 사람들, 연약한 모습을 드러내는 사람들에게 끌렸다. 이 사람은 내가 필요하구나, 하면 마음이 움직였다.

승주와 도담은 하이볼을 한 잔씩 시켰다. 분위기를 바꾸는데 동의한 듯 눈빛을 교환하고 잔을 부딪친 후 술을 들이켰다. 두 사람은 사랑이라는 이름으로 행해지는 위선, 배신, 폭력에 대해 열을 올리며 이야기했다. 연애와 결혼이라는 형식이 자주 본질을 망친다고도 했다. 술잔을 내려놓으며 승주가 말했다.

"사랑이란 건 거대한 마케팅 같아요. 제가 보기엔 잘 포장된 욕망과 이기심인데. 자기들 멋대로 핑크빛으로, 하트 모양으로 정하고. 그게 장사가 되니까요. 사과 로고처럼."

"맞아요. 위대한 사랑 이야기라고 하는 「타이타닉」도 결국에 만난 지 얼마 안 된 사람을 위해 대신 죽을 정도로 도취되었던 거 아닌가요? 그 둘이 살아남았으면 결국 「레볼루셔너리 로드」처럼 진절머리 나는 결혼 생활을 했을 걸요."

도담의 말에 승주는 공감하며 웃었다.

"이거, 우리 냉소 클럽이라도 만들어야겠는데요."

승주가 짠 하자는 듯 잔을 들어보였다. 도담이 잔을 부딪치며 웃었다.

"해요, 우리. 냉소 클럽."

어차피 도담은 연인에 대한 기대가 적었고 관계에 붙이는 이름표가 커플이든 클럽이든 중요하지 않았다. 승주와 보내는 시간이 즐겁다는 게 중요했다. 그 이후 두 사람은 서로를 구속하지 않는 연인 비슷한 사이가 되었다. 승주는 도담에게 잘 했다. 그는 충족시키기 어려운 기대와 요구로 도담을 흔들지 않았다. 도담은 승주가 상처받고 싶지 않아서 그런다는 것도, 자신을 꽤 좋아한다는 것도 알았다.

그랬던 승주가 만난 지 1년 정도 되자 한 발짝 더 다가왔다. 이렇게 쭉 서로 위해 주면서 사는 것도 좋지 않냐며 은근히 물어 왔다. 도담의 어머니와 같이 식사하는 건 어떠냐 묻고 아버지 기일은 언제냐고 묻기도 했다. 도담은 자신의 가족에 대해 자세히 말하지 않았다. 이전의 연인들에게 진평의 일을 이야기했을 때 좋은 일은 하나도 없었다. 도담은 승주와 이대로 좋은 시간을 공유하면서 만나는 게 나쁘지 않았다. 사랑에 빠지고 싶지 않았다. 지난 몇 년 간 마음이 잔잔하게 평온한 상태를 유지하고 있었고 더는 마음이 시끄러운 게 싫었다. 결혼 같은 건 생각이 없다고 거절하면 승주도 태도를 바꾸고 다른 남자들처럼 떠나려나. 나는 그럼 가끔 승주와 커피를 마시는 전 애인이 되려나. 그런 생각을 하면 웃음이 나왔다.

*

따사로운 햇살이 내리쬐는 가운데 도담은 승주와 손을 잡고 걸었다. 유명한 맛집이라며 승주가 데리고 간 설렁탕집은 아직 점심시간 전이라 한산했다. 진한 국물에 감탄하고 있는데 식당 벽에 걸린 티브이에서 뉴스가 흘러나왔다. 남부 지방에 시간당 100밀리미터 물 폭탄 수준으로 비가 쏟아졌고, 3명이 사망하고 6명이 실종 상태라고 했다. 그곳이 어떤 풍경일지 보지 않아도 도담은 생생하게 그릴 수 있었다. 진평강이 범람해 건물이 물에 잠기고 전부 떠내려가던 황토색 흙탕물의 이미지가 머릿속에 펼쳐졌다.

"여긴 햇살이 이렇게 좋은데 뭔가 불공평한 것 같네."

승주가 티브이 화면을 보며 중얼거렸다. 도담은 묵묵히 밥만 먹었다. 어서 채널을 돌리거나 티브이를 끄고 싶었다.

"연일 수해로 안타까운 소식이 이어지는 가운데 살신성인을 실천한 소방관이 화제입니다. 시민들은 그를 진정한 영웅이라고 부르고 있습니다."

이어서 앵커가 다음 뉴스를 소개했다. 한 시민이 휴대폰으로 찍은 현장 영상이 자료 화면으로 나왔다.

"지난 새벽 화재가 일어난 곳은 해원시의 한 주택단지. 불이 난 3층에 검은 연기가 가득합니다. 안에 아이가 있다는 다급한 아이 엄마의 말에 치솟고 있는 불길을 뚫고 구조대원이 빌라 안으로 들어갑니다. 얼마 뒤 사나워진 불길이 역류하더니 큰 소리를 내며 폭발합니다."

시민들의 비명이 영상에서 생생하게 들렸다. 노담은 눈을 감았다. 또 사고인가. 많은 시간이 흘렀어도 소방관 사고 소식에 대해서는 결코 무뎌지지 않았다. 어쩔 수 없이 감정의 온도가 순식간에 올라갔다.

"두 팔을 벌려 열기를 막던 이 소방관은 불길에 휩싸이는 와중에도 아이를 감싸 안아 보호하며 가까스로 탈출했습니다."

아이를 안은 소방관이 창문을 깬 뒤 폭발하는 건물에서 간발의 차로 뛰어내린 영상은 특수 효과를 쓴 액션 영화의 한 장면처럼 스릴 넘쳤다. 뉴스를 보며 맞은편에서 밥을 먹던 아저씨도, 승주도 모두 와, 하고 입을 벌리며 감탄했다. 식당 아주머니는 어머, 어머, 하며 손뼉을 쳤다. 아무리 사람을 구하는 장면이라지만 충격이었다. 방송국에서 교통사고의 충돌 순간을 편집하듯 사람이 시뻘건 불길에 휩싸인 장면은 걷어 냈어야 하는 게 아닌가. 일반 시민이 불길에 휩싸인 장면이라면 내보내지 않았을 것이다. 소방관은 뭐가 다른가? 도담은 뉴스를 애써 무시하며 타는 목을 축이려고 컵을 들었다.

"이 소방관은 고온의 화염에 녹아 버린 헬멧과 장갑 부위에 화상을 입고 입원했습니다. 영상의 주인공은 해원 소방서 구조대 이해솔 소방교. 그에게 슈퍼맨이라는 별명이 붙었습니다."

그 이름을 듣는 순간 도담은 놀라서 컵을 바닥에 떨어뜨렸다. 사기로 된 컵이 요란한 소리를 내며 깨졌다. 도담은 입을 다물지 못한 채 티브이를 바라봤다.

"괜찮아?"

승주가 도담의 안색을 살폈다. 도담은 더 이상 무시할 수 없었다. 도담의 시선은 화면에 떠 있는 증명사진 속 남자에게 고정됐다. 동명이인이 아니다. 예전의 그 앳된 얼굴은 아니지만, 젖은 듯한 눈망울과 오뚝한 콧대, 하얀 피부는 그대로였다. 해솔이 틀림없었다. 도담은 죽은 사람이 살아 돌아오기라도 한 것처럼 놀란 표정이었다.

"왜 그래. 아는 사람이야?"

의아한 얼굴로 승주가 물었다. 쉽게 답할 수 없었다. 해솔과 자신을 과연 무슨 사이라고 설명해야 할까. 은인? 친구? 연인? 한마디로 표현할 수 없다. 잊었다고 생각했지만, 잊으려 애썼지만, 사실 한 번도 잊은 적 없는 이름이었다. 어디선가 수면을 요란하게 때리는 장대비 소리가 들려오기 시작했다.

23

해솔은 공기 호흡기를 쓴 채 가쁘게 호흡하며 어둠 속을
헤매고 있었다. 두리번거리며 빛을 찾았지만 사방은 시커먼
연기로 한 치 앞도 보이지 않았고 온통 뜨거운 열기와 타는
냄새로 가득했다. 화재 현장은 늘 훈련 때보다 더 지독한 암
흑이었다. 빌라 위쪽에서 엄마를 애타게 부르는 아이의 울음
소리가 들려왔다. 더는 입구라고 부를 수도 없게 된 불구덩이
앞에 구조대장도 함부로 진입 명령을 내리지 못했다. 그건 이
성적인 판단이었고 들어가면 죽는다는 본능이기도 했다. 모
두가 안타까움과 무기력함에 사로잡힌 그때 해솔이 불구덩이
속으로 뛰어들었다. 짙은 연기 속을 더듬어 가며 계단을 오
르자 불길이 살아 있는 것처럼 해솔에게 달려들었다. 해솔은

이런 순간마다 창석을 떠올렸다. 두렵지만, 구해야 한다. 저 멀리 보이던 희미한 빛이 점점 밝아졌다.

눈을 뜨니 환한 병실에서 선화와 민재가 내려다보고 있었다. 원망스러운 선화의 표정을 보며 해솔은 현실로 돌아왔음을 자각했다. 누운 채로 눈을 굴려 자신의 팔과 다리를 확인했다. 다행히 멀쩡히 붙어 있었다. 구조대 동료인 민재가 간호사를 불렀다.

"걱정하지 말고 잘 살라며. 뉴스에 나오지를 말든가!"

선화가 내지른 소리에 병실 안의 사람들이 선화를 쳐다봤다. 간호사가 소란 피우면 안 된다고 주의를 주었다. 선화는 눈물을 닦으며 병실을 나갔다. 해솔은 민재와 눈짓을 주고받았다. 따라나설 수 없는 해솔을 대신해 민재가 선화를 따라갔다.

선화는 답답한 마음에 병원 건물 밖으로 나왔다. 해솔이 소방관으로, 선화가 제약회사로, 취준생 시절을 거쳐 취업하기까지 둘은 6년 동안 서로의 곁을 지켰다. 직장에 자리를 잡은 뒤로는 피로가 늘었지만 평화로운 날이 이어졌다. 6년간 해솔은 한결같이 다정했고 한눈 파는 일 없이 오로지 일과 선화밖에 몰랐다. 주변에서는 오래 사귀는 모습이 보기 좋다고 부럽다고 하면서도 너무 오래 연애만 하면 안 좋다고 했다. 선화는 슬슬 가정을 꾸리고 튼튼한 울타리를 만들고 싶었다. 사고로 일찍 가족을 잃은 해솔을 생각하면 그를 더 많이 안아 주고 행복하게 해 주고 싶었다.

그러려면 불안을 끊어 내야 했다. 선화는 궁금했다. 왜 민재는 다치지 않는데 해솔은 매번 다치는 건지. 6년 전 한강에서처럼 그렇게 위험으로 달려가는 해솔의 뒷모습을 본 게 여러 번이었다. 오열하며 수술실에 들어간 해솔을 기다리는 것도 여러 번. 해솔이 영영 못 일어나는 줄 알았던 것도 여러 번이었다. 놀라고 걱정하는 일에는 익숙해지지가 않았다. 뉴스를 볼 때면 유독 결혼을 앞뒀거나 이제 막 결혼한 젊은 소방관의 사고 사연이 부각되어 들렸다. 이제 선화는 과민해져서 사방에 위험이 도사린다고 여기게 됐다. 횡단보도 신호등이 초록불로 바뀌어도 주위를 한참 살피고 건넜고 공사 중인 건물이 있으면 아무리 안전망이 되어 있어도 멀리 돌아서 갔다. 해솔이 화재 현장에서 사투를 벌이고 온 다음 날은 불에 탄 냄새가 몸에 배어 아무리 씻어도 가시지 않았다. 그런 것 정도는 자랑스럽게 끌어안고 사랑할 수 있었다. 그러나 불안은 끌어안기 어려웠다.

선화는 누구보다 건강해 보이는 해솔이 어딘가 이상하다는 것을 알아차리고 걱정한 지 오래였다. 해솔이 생사의 고비를 넘겼을 때도 곁을 지키고 많은 것을 함께 한 사이였으니 모를 수 없었다. 해솔이 악몽을 꾸고 새벽에 끙끙거리며 깨는 일도 잦았다. 선화를 끌어안고 자다 깨서 어둠 속에서 울기도 했다. 가끔 멍하게 허공을 응시하는 해솔에게 "무슨 생각해?"라고 물으면 그때마다 해솔은 답하지 않았다. 선화는 해솔의 마음속 풍경이 궁금했다. 소방관 중에 순직자보다 자살자가 훨씬 더 많다는 기사도 봤다. 자신을 안심시키고 확신을 줘도 모자랄 판에 해솔은 오히려 매번 위험에 불나방처럼 뛰어들었다. 마치 중독이라도 된 것처럼. 선화는 연락이 잠시만 되지 않아도 큰일이 난 것처럼 해솔을 걱정하는 자신의 모습이 싫었다.

"다른 일 하자. 너는 충분히 다른 일 할 수 있어."

해솔이 현장에서 두 번째로 크게 다쳤을 때 선화는 평생 함께 행복하게 살고 싶다며 해솔을 진지하게 설득했다. 일종의 프러포즈였다. 그러나 해솔은 구조대 일을 그만둘 수는 없다며 고개를 저었다. "나를 사랑해?" 선화가 애처롭게 물었다. 해솔은 언젠가 자신이 도담을 붙잡으려고 그 말을 했었기에, 그 마음을 잘 알고 있었기에 가슴이 아팠다. 결국 선화는 해솔에게 선택하라고 했다. 해솔은 선화를 붙잡지 않았다. 붙잡을 수 없었다. 그렇게 선화는 해솔과 헤어졌다.

그래서 헤어졌는데. 어차피 과거형이고 이제는 남인데. 뉴스를 보고 선화는 걱정이 되어 달려올 수밖에 없었다.

"괜찮을 거예요. 해솔이 금방 회복할 거예요. 너무 걱정하지 말아요."

따라 나온 민재가 선화에게 음료수를 건넸다. 조금 진정이 되자 선화는 소리친 게 민망했다. 선화가 물끄러미 민재를 바라봤다.

"우리 두 달 전에 헤어졌어요. 모르셨어요?"

민재는 전혀 몰랐다는 표정이었다. 두 사람이 자연스레 결혼할 줄 알았기에 적잖이 놀란 듯했다. 선화는 그런 민재의 반응을 보고는 고개를 절레절레 저었다. 3년을 동고동락한 동료인 민재에게도 말하지 않았구나. 도대체 해솔은 누구 한 명이라도 마음을 열고 의지하는 사람이 있긴 한 걸까.

"아니, 둘이 1, 2년 만난 사이도 아니고, 무슨 일 있던 거예요?"

"해솔이 상태 이상한 거…… 민재 씨도 알고 있어요?"

선화가 심각한 표정으로 물었다. 같은 일을 하는 민재라면 해솔의 상태를 알고 있을 것 같았다.

어리둥절한 표정을 짓던 민재가 한숨을 내쉬었다. 선화가 무슨 말을 하는지 알 것 같았다. 해솔이 속내를 잘 털어놓는 성격은 아니어도 현장에서 생사고락을 함께한 동료애는 특별했다. 선화가 걱정할까 봐 말하지는 않았지만 민재가 느끼기에도 해솔은 문제가 있었다. 이번 일도 막말로 운이 좋았던 거지, 거의 자살 행위였다고 동료들 사이에서도 말들이 많았다. 끔찍한 현장을 계속 겪으면서 사람이 멀쩡할 리가 없었다. 처음엔 우울증이나 PTSD 같은 거라고 생각했다. 그런데 그런 것과 다른 뭔가가, 직업적 사명감과도 다른 종류의 무언가가 해솔에게 있었다. 동료들 모두 위험을 무릅쓰고 이 일을 하지만 해솔은 정말 목숨을 던질 기세였다. 다른 사람을 구조하는 데는 이상할 정도로 필사적이면서 자신을 구하는 데는 신경 쓰지 않는 것 같았다. 동료로서 존경스럽기도 했지만 걱정이 더 컸다. 누군가는 해솔을 말려야 했다.

24

도담은 화상 병동의 흰 복도를 걷고 있었다. 창석이 화상
을 입고 입원했을 때처럼. 인생이 똑같이 한 번 더 반복되는
듯한 기시감을 느꼈다. 이 복도 끝에 해솔이 있다. 지난 몇 년
간 잔잔하던 마음에 파도가 출렁대 멀미 나듯 어지러웠다.

도담은 화상 병동 간호사에게 뉴스에 나온 소방관의 상태
가 어떤지 물었다. 취재진들로 한차례 시끄러웠기에 병원에는
해솔을 모르는 사람이 없었다.

"기적이에요. 완전 멀쩡해요. 화상도 심하지 않고. 어깨 쪽
이 조금 불편한 정도라던데?"

도담은 깊은 안도의 한숨을 내쉬었다.

"도담 쌤 담당 환자라 궁금해서 보러 온 거예요? 잘생겨서

먼저 보러 왔구나?"

간호사가 눈을 흘기며 웃었다.

"아니에요."

"그런데 애인 있는 것 같던데."

간호사는 웃으며 걸려 오는 전화를 받으러 갔다.

도담은 며칠간 잠을 이루지 못했다. 해솔은 어두운 곳을 걷는 것도 무서워하고, 거미줄에도 호들갑을 떨던 겁 많은 아이였다. 도담은 거듭 의심했다. 이름도 같고 얼굴도 놀라울 정도로 닮은 다른 사람일 수도 있지 않을까. 도플갱어 뭐 그런 게 아닐까. 목소리를 확인하고 싶었다. 지난밤 유튜브에서 검색해 본 영상이 떠올랐다. 이슈 유튜버가 해솔의 지난 활약들이 담긴 영상들을 짜깁기해 놓은 것이었다.

"이해솔 소방관은 이번 해원 주택 화재뿐 아니라 군 복무 시절 한겨울 한강에 투신한 고등학생을 구한 사실. 여객선 침몰 수난 사고, 고층 빌딩 붕괴 사고, 각종 재난 현장에서 크게 활약했던 사실들이 밝혀지면서 누리꾼 사이에서 화제가 되고 있습니다."

댓글 반응은 다양했다. 한 사람에게 이렇게 많은 일이 일어날 수 있는 거냐고, 정말 슈퍼맨이라고, 그만큼 해솔이 현장에 제일 먼저 들어가는 소방관이라고. 해솔이 두 팔을 벌리고 불길에 휩싸이던 순간이 십자가 형상이라며 종교적인 의미를 부여하는 사람도 있었다.

네가 왜? 약대를 다니던 해솔이 왜 구조대원이 되었을까. 눈을 감은 도담의 머릿속에 해솔이 불길에 휩싸이는 장면이 슬로 모션으로 반복 재생됐다. 화상 흉터로 가득했던 창석의 등이 떠올랐다. 숨이 막히고 머리가 지끈거렸다. 다른 소방관들이 주시하고 있을 때 불길 속으로 뛰어든 해솔의 모습. 어떻게 그렇게까지 할 수 있는 걸까. 왜 그렇게까지 하는 걸까⋯⋯.

환자명 '이해솔'이 적혀 있는 병실 앞에서 도담은 문에 달린 작은 창 너머로 안쪽을 살폈다. 해솔의 상태를 확인하고 싶었지만 해솔의 앞에 서 있는 여자에게 가려 잘 보이지 않았다. 속상한 표정의 여자는 누워 있는 해솔을 지켜보고 있었다. 큰 눈에 선한 눈매가 어딘지 해솔과 닮은 인상이었다. 해솔은 외동이었으니 친척이거나, 해솔의 연인 혹은 아내일 수도 있겠다고 생각했다. 하긴, 만난 시간보다 헤어져 있던 시간이 훨씬 길었으니 이제는 해솔을 잘 안다고 말할 수도 없지 않나.

시선을 느낀 선화가 고개를 돌렸다. 도담과 선화의 눈이 잠깐 마주쳤다. 도담은 인사를 할까 하다가, 발길을 돌렸다.

25

긴 초 6개, 짧은 초 3개. 하얀 생크림 케이크에는 빽빽한 초
들로 빈 공간이 없었다. 도담이 정미의 나이만큼 케이크에 초
를 꽂고 있었다.

"정신없게 뭘 다 꽂아. 보기도 싫다."

못마땅한 듯한 정미의 말에 도담이 짧은 초는 빼고 불을
붙였다. 식당에서 함께 샤브샤브를 먹은 뒤였다. 일렁이는 촛
불에 정미의 마른 얼굴이 불그스름히 물들었다. 눈주름에는
세월이 보였고 얇은 입술은 고집스럽게 닫혀 있었다.

"생일 축하합니다. 생일 축하합니다. 사랑하는 엄마의 생일
축하합니다."

도담이 정미를 보며 높낮이 없는 생일 축하 노래를 불러

주었다. 정미는 별 감흥 없이 촛불을 껐다. 의무적으로 해치우듯 건조한 축하였다.

역까지 가는 택시 안에서 근황을 묻고 답하는 물기 없는 대화들이 이어지는 중에 정미가 물었다.

"요즘엔 만나는 사람 없어?"

"없어."

도담은 누구를 만난다 도통 말하는 법이 없었다. 정미도 도담이 해솔의 일로 아직까지 자신을 미워하고 있다는 것을 알고 있었다.

"너도 뉴스 봤냐?"

떨떠름한 정미의 물음에 도담은 표정이 굳은 채 대답하지 않았다.

"걔는 정말 지긋지긋한 악연이다. 하필 너네 병원에 입원했더라."

정미가 차창 밖으로 시선을 두며 말했다. 도담이 흠칫 놀라 정미를 쳐다봤다.

"그건 어떻게 알았어?"

"인터넷에서 봤지. 아주 난리더라. 무슨 연예인도 아니고."

정미가 아니꼽다는 듯 말했다. 정미는 새벽같이 일어나서 첫차를 타고 건물 청소 일을 다녔다. 휴식 시간에 우연히 해솔의 뉴스를 본 뒤 놀란 정미는 믿기지 않아 인터넷을 검색해

봤다. 인터넷 뉴스에는 칭찬 일색의 댓글이 달려 있었다.

"나는 걔가 뉴스 나오고 그러고 설치는 거 솔직히 속이 나쁘다."

한동안 택시 안에 침묵이 감돌았다. 도담은 정미 쪽을 보지 않고 고개 숙인 채 말했다.

"설치는 게 아니라 사람을 구한 거야. 다쳤는지 걱정부터 해야 하는 거 아냐?"

"경미한 부상이라더만 뭐."

"엄만…… 아직도 해솔이가 미워?"

두 사람은 그제야 서로를 바라봤다. 택시가 터널 안을 지나고 있었다. 차창 밖 불빛에 정미의 불만 가득한 얼굴에 깊게 팬 주름이 두드러졌다.

"나는 싫다."

도담은 그런 정미를 쏘아보기만 할 뿐 입을 다물었다. 두 사람은 고개를 돌려 각자 창밖을 바라봤다.

정미는 그 사고 이후 삶의 기쁨을 잃었다. 남편이 외도하다 죽은 남부끄러운 과부 신세에 하나밖에 없는 딸과는 사이가 영 소원해졌다. 정미는 종종 "사는 거 하나도 재미없다."라고 한탄하며 도담의 죄책감을 자극했다. 세월이 흘러 그 일로 인해 감당하기 힘들던 울화는 줄었지만 일부는 그대로 성격으로 굳어졌다. 가끔 답답할 때면 혼자 전철을 타고 두물머리까지 가서 바람을 쐬고 오곤 했다. 같이 일하는 동료들 중 몇은 벌써 젊은 할머니가 되어 매일 손주 사진을 들여다보며 자랑했다. 서로가 손주 자랑 값으로 3천 원씩 내라며 농담할 때마다 정미는 자신이 잃어버린 인생을 상상했다. 그런 일이 없었더라면 지금쯤…….

살아 있을 때 창서는 종종 도담이 대학에 들어가면 다이버들의 성지인 팔라우로 가족 여행을 가자고 했다. 그때마다 정미는 "대학생 되면 남자 친구랑 가겠지 왜 자기랑 가겠어."라며 핀잔을 줬다. 물에 들어가지 못하는 자신을 두고 부녀 둘이서 다이빙을 다녀올 때마다 정미는 농담 반 진담 반 자기만 소외시킨다며 볼멘소리를 했다.

해솔의 소식을 뉴스에서 접하고 가슴이 요동친 건 정미도 마찬가지였다. 새카맣게 탄 현장, 그을리고 우그러진 헬멧과 장갑을 보면서 정미의 속도 새카맣게 탔다. 어린 도담과 함께 화상으로 울퉁불퉁한 흉터가 가득한 창석의 등에 연고와 보습크림을 발라 주던 기억이 떠올랐다. 남편에 대한 자부심이 넘치던 그때는 그마저도 행복한 기억이라고 부를 수 있었다. 그 애는 왜 하필 소방관이 되어서 다시 나타난 걸까. 정미는 자신이 해솔에게 했던 말이 자꾸만 떠올랐다.

어떻게 네 목숨을 구해 준 사람을 죽게 만들 수 있어?

열여덟 살짜리 아이에게 어떻게 그런 말을 할 수 있었는지. 그때 해솔은 아무 말도 못 하고 고개만 조아리고 있었다. 실은 그 아이가 아니라 하늘에 하는 비난이었다. 정미는 묵주를 돌렸다. 그때는 나도 그럴 수밖에 없었어. 심했어. 좀 심한 말을 했기로서니⋯⋯. 묵직한 돌덩이가 묶여 있는 것처럼 마음이 무거웠다. 그 말을 듣던 해솔의 처연한 표정이 잊히지 않았다.

26

일주일 뒤, 도담은 초조하게 재활 치료실을 서성이며 시간을 확인했다. 조금 있으면 해솔과 재회할 터였다. 해솔은 시간을 정확히 지키는 성격이었다. 거울을 보며 머리를 다듬고 태연한 표정을 연습했다. 정각이 되자 문이 열리고 재활 치료실에 해솔이 들어섰다. 귀와 턱의 화상 부위에 습윤 밴드를 붙인 해솔은 도담의 얼굴을 보고 깜짝 놀라 우뚝 멈춰 섰다. 도담은 가슴이 떨렸다. 해솔이 이 병원에 입원했다는 걸 안 뒤로 수도 없이 그리던 순간이었다. 도담이 먼저 인사했다.

"안녕."

"어어, 안녕."

해솔도 어색하게 인사했다. 해솔의 맑고 울림 있는 목소리는 그대로였다. 빠질 듯 크고 맑은 눈도 그대로였다. 인상이 조금 변했어도 놀랐을 때 짓는 특유의 표정이 도담이 아는 해솔이었다. 해솔은 믿기지 않는다는 듯 눈을 끔뻑였다. 둘은 한동안 말없이 서로를 바라봤다. 해솔이 어떻게 반응할지 몰라서 도담은 긴장했다. 어색함이 더 앞섰고 눈물은 나오지 않았다. 해솔이 마침내 입을 열었다.

"어떻게 된 거야?"

"혹시 불편하면 담당 바뀌도 괜찮아."

"아니, 그런 게 아니라……. 너는 알고 있었어?"

"응, 나도 신기했어."

"……."

"네가 어떻게 지내고 있는지는 봤어. 전국적인 유명 인사던데."

도담이 슬며시 웃었다.

"무슨."

해솔도 멋쩍은 듯 웃었다. 그리고 다시 얼떨떨한 얼굴로 도담을 바라봤다. 이대로는 계속 서로의 얼굴만 바라보고 있을 분위기였다. 도담이 차트를 보면서 해솔의 곁으로 가 사무적으로 말했다.

"왼쪽 어깨 통증이지?"

도담은 해솔을 스툴에 앉힌 뒤, 해솔의 곁에 서서 왼쪽 팔을 하늘 높이 들어보게 했다. 도담이 어깨 쪽 근육을 만지자 해솔이 비명을 참으며 얼굴을 찡그렸다. 해솔의 몸은 운동선수처럼 근육이 발달해 있었다. 그간 도대체 무슨 일이 있었나 싶을 정도로 이전의 해솔에게 상상할 수 없었던 두꺼운 몸이었다. 도담은 해솔에게 다양한 자세에서 어깨와 팔을 움직여 보게 하며 어느 자세에서 통증이 가장 심한지 진단했다. 묻고 싶은 게 많았지만 왠지 말이 나오지 않았다. 도담이 뒤에 서서 치료에 집중하고 있는데 해솔이 입을 열었다.

"8년 만이네."

"그런가?"

"응, 8년이야."

해솔은 매년 세고 있기라도 했던 것처럼, 나직하지만 정확하게 말했다. 둘 사이에 다시 정적이 흘렀다. 도담은 해솔의 옆으로 가서 왼쪽 날개뼈를 잡아 주며 어깨와 팔을 돌려 보게 했다. 해솔의 얼굴이 다시 일그러졌다. 미간을 찡그린 표정도 반가웠다. 8년 전, 도담이 수업에서 뭔가를 배워 오면 해솔에게 실습해 보던 기억이 떠올랐다. 도담이 말했다.

"다시 볼 수 없다고 생각했는데, 이렇게 만나네."

"난 언젠가는 다시 만날 거라고 생각했어."

해솔이 단단한 표정으로 말했다. 도담이 앞쪽으로 가서 해솔과 마주 봤다.

"어떻게 지냈어?"

해솔이 물었다. 그 긴 시간을 어떻게 말하겠냐는 듯 도담
은 해솔을 바라봤다. 둘 사이에 쉽게 건널 수 없는 세월의 강
물이 펼쳐져 있었다.

"나는 뭐 대학 졸업하고 병원에만 있었지. 너야말로 어떻게
된 거야? 약사는 어쩌고?"

"나 복귀하려면 얼마나 치료받아야 할까?"

해솔이 엉뚱한 반문을 했다. 차트에는 일주일에 두 번씩 8회
치료가 적혀 있었다.

"글쎄, 적어도 한 달은 걸릴 거 같은데."

"그럼 차차 이야기할 수 있겠다."

해솔이 너스레를 떨었다. 도담이 피식 웃었다.

"잘 지내는 거지?"

해솔이 물었다.

"응."

"만나는 사람은 있어?"

도담은 고개를 끄덕였다.

"넌?"

"얼마 전에 헤어졌어."

도담은 병실에서 본 여자가 떠올랐지만, 그 사람은 누구냐
고, 자신이 병실까지 찾아갔던 사실을 밝히고 묻기 부담스러

웠다. 도담이 걱정스러운 목소리로 물었다.

"너도 잘 지내는 거지?"

"응."

도담이 어깨를 천천히 회전시키는 동작의 시범을 보이며 해솔에게 따라 하게 했다. 해솔이 천천히 동작을 반복했다. 자세를 돕던 도담이 해솔의 눈을 보며 입을 열었다.

"뉴스 보고 많이 놀랐어. 다행스럽기도 했고, 걱정도 됐고…… 좀 혼란스러웠어. 어쩌다 소방 일을 하게 된 거야?"

해솔이 지난날을 회상하는 듯 잠시 숨을 골랐다. 햇살이 들어오는 치료실에는 정적이 흘렀고 돌아가던 가습기에서 꿀렁 하고 공기 방울 올라가는 소리가 들렸다. 해솔은 도담과 헤어진 후에 어떻게 지냈는지를 들려줬다. 삶의 의미를 잃고 유령처럼 대학을 떠돌다가 해솔이 소방서로 군대에 간 이야기는 휴가 중에 사람을 구한 일로 이어졌다.

"돌이켜 보면 참 알 수 없는 일이야. 그 새벽에 선화는 어째서 한강을 걷고 싶다고 했을까. 우리가 그때 거기 가지 않았다면 그 학생은 생명을 잃었을 거야."

해솔이 도담의 눈을 똑바로 보며 덧붙였다.

"인연이라는 건 정말 존재하나 봐."

우리처럼. 도담은 해솔이 그렇게 말하는 것 같았다. 해솔은 휴대폰을 꺼내 사진을 보여 주었다. 머리숱이 많고 통통한 아기의 돌잔치 사진이었다. 해솔이 아기를 안은 젊은 부모 중에 아빠를 가리켰다.

"이게 그 학생인데 지금은 수제버거집 사장님이야. 나한테 11월 16일마다 매년 고맙다고 사진이랑 문자를 보내 줘. 내가 구해 준 날이 자기 두 번째 생일이라면서. 분명 생명을 구한 그 경험이 나를 달라지게 했어. 그때 이후로 소방관이 돼야겠다고 결심했거든. 사람을 구하는 건, 언제나 옳은 일이잖아."

해솔이 조금 씁쓸한 미소를 지으며 도담을 바라봤다. 그 말은 어릴 때 창석에 대해 자랑스러워하며 도담이 해솔에게 했던 말이었다. 12년 전에 나눴던 대화를 고스란히 기억하고 있구나. 도담은 자신이 그 말을 했던 그날 햇살에 반짝이던 진평강의 풍경을 생생히 떠올렸다. 입을 맞추고 싶다고 생각했던, 젖은 머리칼을 한 해솔의 옆모습도.

도담은 자신을 바라보는 해솔의 시선에 생각을 읽힌 것 같아 시계로 눈을 돌렸다.

"시간 됐네. 그럼 다음 주 이 시간에 또 보자."

"응? 으응."

갑작스러운 인사에 해솔이 아쉬워하면서 뒤늦게 일어섰다. 또 볼 수 있다는 생각으로 서운함을 달래면서. 치료실을 나가려던 해솔이 돌아서서 물었다.

"이따 퇴근하고 같이 저녁 먹을래?"

도담이 해솔을 물끄러미 바라봤다. 잠시 정적이 흘렀다.

"그래."

27

산책로의 나무 덱을 따라 저벅저벅 걷다 보니 울창한 메타세쿼이아 숲이 도담을 반겼다. 도담은 승주와 안산 자락길을 걷고 있었다. 숲속에 들어서자 빽빽이 하늘로 뻗은 나무에 가려 도시 풍경과 소음은 사라지고 서울 한복판에서 아주 먼 곳으로 떠나온 기분이었다. 공기가 상쾌하고 새소리와 가을 풀벌레 소리가 듣기 좋았다. 등산이라고 부르기엔 민망한 야트막한 높이지만 아무 생각하지 않고 걷기 좋아 이따금 머리가 복잡할 때 오르는 곳이었다.

"고등학교 때 친구면 10년도 더 됐네. 첫사랑 같은 거야?"

해솔을 치료하게 되었다는 이야기에 승주는 조금의 경계심도 없이, 간지러운 놀림처럼 '첫사랑'이라고 발음했다. 한 번도 그렇게 명명한 적은 없지만 세상의 기준으로 그 부류에 들어맞긴 할까. 하지만 첫사랑이라는 단어는 해솔과의 관계를 표현하기에 너무 납작하다고 도담은 생각했다. 도담이 승주의 얼굴을 보며 물었다.

"만났다는데 아무렇지도 않아?"

"실마 질투하고 그러길 바라는 거 아니지?"

승주가 웃으며 도담을 바라봤다. 도담은 언젠가 승주가 했던 말이 신경 쓰였다. "그 왜 있잖아, 로맨스 영화 보면 주인공이 연인과 진정한 사랑의 감정을 확인하게 만드는 역할을 하는 조연. 그게 내 팔자는 아닌 건가 싶어." 도덕이나 약속으로 어쩔 수 없는 감정의 파도가 덮치는 일. 연인이 다른 사람과 사랑에 빠지는 그와 같은 일이 삶에서 또다시 반복되는 게 승주가 가장 두려워하는 불안이었다.

"뭐, 도담 씨는 안 그럴 타입인 거 아니까."

"내가 어떤데?"

도담은 타인이 자신을 정의하는 말을 들을 때 재미있어했다.

"나도 그렇지만, 도담 씨가 사랑에 빠지는 건 좀 상상이 안 가는데? 스스로도 안 되지 않아?"

도담이 웃었다. 승주의 말이 맞았다. 승주도 자신도 불타오를 땔감이 소진된 사람들이었다. 승주가 어깨를 으쓱해 보이며 말을 이었다.

"그렇다고 비관할 것도 아니라고 생각해. 오히려 평온하니까 좋은 걸 수도 있지."

어느덧 나무 덱이 끝나고 걸음마다 버서석대며 낙엽 밟는 소리가 났다. 평온. 이렇게 승주와 함께 낙엽을 밟으며 걷는 지금을 가리키는 말 같았다.

"가끔 애정 표현이 그립기는 한데. 도담 씨한테 그런 거 기대하면 안 되겠지?"

짓궂은 표정으로 승주가 서운함을 내비쳤다.

"피, 자기는 하나 뭐."

승주는 좀처럼 끓어오르지도 그렇다고 차갑지도 않은 미지근한 사람이었다. 냉소가 아니라 실은 '미지근 클럽'에 더 어울렸다. 그래서 편하고 좋았다. 서로 온도가 비슷하니까 잘 만날 수 있던 거라고 도담은 생각했다. 승주는 한 번도 충돌하지 않도록 능숙하게 안전거리를 유지하면서 지냈다. 도담은 화제를 돌리려 했다.

"그럼 승주 씨는 어때? 첫사랑 기억나?"

"나는 이제 하도 오래돼서 기억도 잘 안 나. 가물가물해."

도담은 하나하나 또렷하게 기억났다. 해솔의 티 없이 맑은 목소리, 서로 마음이 통할 때의 눈빛, 무해하게 웃는 얼굴, 뜨거운 체온, 부드러운 손바닥과 긴 손가락의 촉감, 해솔이 자신을 안을 때 느껴지는 부피와 무게감. 자신이 그렇게 생생하게 기억한다는 사실에 놀랐다. 8년이나 지났는데 어째서일까. 이게 일반적인 걸까.

생각에 잠긴 도담의 걸음이 느려졌다. 승주가 보폭을 좁혀 도담의 속도에 맞춰 나란히 걸었다. 늘 그렇듯 승주는 속도를 잘 조절했다. 머리를 비우기 위해 오는 곳인데 오늘따라 도담은 그러지 못했다. 해솔과의 재회 이후 해솔에 대한 생각이 멈춰지지 않았다. 며칠 전 해솔과 함께 식사를 하고 카페가 닫을 때까지 대화를 나눈 3시간이 3분처럼 짧게 느껴졌다. 도담은 자신에게 물었다. 지금 해솔에게 느끼는 감정, 승주에게는 한 번도 느끼지 않았던 강렬한 감정의 정체가 무엇인지.

해솔과 얽힌 사연 때문에 연상되는 슬픔. 같은 상처를 가진 동질감. 연민이다. 우리가 보통 지독한 인연은 아니지. 해솔과의 재회에 운명 같은 단어가 연상되는 건 우연에도 인과를 만들고 싶어 하는 사람의 습성 때문이다. 추억 때문이다. 좋았던 날들에 대한 반가움과 지나가 버린 한때에 대한 슬픔일 수도. 이성에 대한 열정? 호르몬 작용은 진작 끝났다. 소식이 궁금하고 그리워하는 마음. 걱정하고 애타게 보고 싶은 마음. 꽉 끌어안고 안기고 싶은 마음. 그런 때도 분명히 있었다. 마음의 불씨는 전부 사그라져 버렸다. 완전한 전소. 남은 거라고는 그을린 시커먼 자국과 탄내 가득한 폐허.

그런 줄 알았다. 해솔을 다시 만나기 전까지는.

도담은 감정에 솔직하다는 핑계로 대책 없이 저지르는 사람들을 경계했다. 자신의 수영 실력도 모른 채, 구명조끼도 없이 수심도 파고도 모르는 물에 무모하게 뛰어드는 것 같았다. 그 결과를 도담은 두 눈으로 목격했다.

봉수대가 있는 정상에 오르자 저 멀리 남산 타워와 빌딩들이 보였고, 남쪽으로는 한강과 여의도까지 내려다보였다. 눈앞에 펼쳐진 도시 풍경에 감탄하는 승주와 달리 도담은 그 모든 것이 눈에 들어오지 않았다. 생각에 잠긴 도담의 옆에 승주가 다가서며 말했다.

"도담 씨, 그런 얘기 들어 본 적 없어? 7년인가 지나면 사람의 몸을 이루고 있는 모든 세포가 교체된대. 10년이면 도담 씨 온몸의 세포가 교체된 거야. 그러면 이제 도담 씨도 그 사람도 그때와 완전히 다른 사람이지 않을까?"

"도담 이모 해 봐. 이, 모."

희진이 서하에게 아이 말투를 흉내 내며 가르쳤다. 이제 막
두 돌을 넘긴 서하가 뽁뽁 소리를 내며 카페를 걸어 다녔다.
희진은 가방에서 소리 나지 않는 서하의 신발을 꺼내 능숙하
게 갈아 신겼다. 서하와 함께 병원에 들른 희진이 혹시 시간
이 나냐고 연락해 왔다. 병원엔 어쩐 일이냐는 도담의 물음에
희진은 잠깐 부주의한 사이 서하가 뜨거운 물에 손을 데었다
며 자책했다.

"아휴, 내가 정말 화장실도 맘대로 못 간다니까. 왜 이렇게
놀랄 일이 많니, 요즘."

"많이 놀랐겠다. 너무 자책하지 마."

"다행히 심하진 않대."

서하가 희진에게 칭얼거렸다. 희진은 "우리 서하 뜨거워서 아야, 했어요. 누가 그랬어요." 하며 서하의 붕대 감은 손을 호오— 불어 주었다. 희진이 휴대폰으로 애니메이션 영상을 틀어 주자 서하는 언제 그랬냐는 듯 미동도 않고 거기에 집중했다.

"애 낳으면 천국이 열리는 동시에 지옥이 열리는 거라던 엄마 말이 딱 맞아."

희진은 커피를 마시며 한숨 돌렸다. 오랜만에 본 서하는 몰라보게 자라 있었다. 도담의 시선을 느낀 희진이 서하를 바라보며 말했다.

"넌 가끔 보니까 무섭게 크지. 금방 걸어 다니고 금방 말하고. 어휴, 이 쪼꼬미가 언제 커서 유치원 가고 학교 가고 그러냐."

"난 정말 네가 대단하다고 생각해. 진심으로."

희진은 서하가 어느 정도 크면 다시 공부하고 싶다고 했다. 그녀는 상담심리사가 되려고 뒤늦게 대학원에 가서 공부하던 중에 지금의 남편을 만났다. 서로에게 빠진 후 희진은 하던 공부를 멈추고 갑자기 결혼을 하고 아이를 낳았다. 덜컥 아이가 생겨서 한 결혼도 아니었다. 어떻게 그런 확신을 가질 수 있는 걸까. 무슨 일이 벌어질지 모르는 세상이었다. 도담은 아이가 아플 수도 있고 잘못될 수도 있다는 공포부터 떠올랐다. 그런 공포를 이겨 내고 아이를 낳고 가정을 이루는 선택을 한 희진이 용감하게 느껴졌다.

"너는, 지금 만나는 사람이랑 결혼 생각 없어?"

희진의 물음에 도담이 고개를 저었다. 도담은 승주에 대해 자세한 이야기를 하지 않았다. 희진이 잠시 도담의 눈치를 보더니 물었다.

"해솔이 소식…… 너도 들었지?"

도담은 고개를 끄덕였다. 희진이 연락해 왔을 때부터 어쩌면 이 얘기를 꺼낼 것 같다고 예감했다. 희진이 괴로운 얼굴로 말했다.

"뉴스 보고 정말 놀랐어. 아이 가진 입장에서 정말 너무 대단하고 내가 다 고맙더라. 아무리 그게 그 애가 하는 일이라지만……. 얼마나 뜨거웠을까."

"……"

"너는 괜찮아?"

"나? 내가 뭘……."

"나도 이렇게 해솔이 생각이 많이 났는데 너는 어땠을까 싶더라고."

희진이 도담의 표정을 살폈다.

"다른 얘기할까?"

"아냐, 괜찮아. 나도 하고 싶어."

도담도 소방관이 된 해솔과 재회했다는 사실이 비현실적으로 느껴져서 해솔을 아는 누구라도 붙잡고 이야기하고 싶었다. 혼자 꾸는 꿈이 아닌지, 그래도 되는지 확인하고 싶었다.

"나 해솔이랑 만났어."

"만났다고?"

희진의 눈이 커졌다. 도담은 희진에게 얘기하지 않았던 대학 시절 해솔과 만나고 헤어진 이야기와 최근에 우연히 재회한 이야기를 털어놓았다. 진평에서부터 둘의 역사를 아는 누군가에게 말하는 건 처음이었다. 희진은 크게 놀라면서도 마치 자신의 일처럼 공감해 주었다.

"힘들었겠다."

"겨우 스물두 살이었어. 그때 정말 너무 어렸어."

도담이 씁쓸하게 웃었다. 자신의 입으로 그 시절을 그렇게 정리하는 게 신기했다. 분명 어렸다. 그렇지만 그때는 지금보다 더 죽음을 가깝게 느꼈다.

"다행이다, 정말. 다행이야."

이야기를 전부 들은 희진은 눈시울을 붉혔다. 도담은 희진의 반응이 과한 것 같아 의아했다. 희진이 분통을 터뜨렸다.

"진평에서는 다들 너무 못됐었어."

"좁은 마을이었잖아."

도담은 진평 사람들의 눈빛이 싫어서 희진의 결혼식에도 가지 않았었다. 자신이 축하 자리에 나타나서는 안 되는 불행의 상징처럼 느껴졌다.

　"실은 나 내내 마음이 불편했어. 그때 내가 괜히 입을 놀려서 그런 일이 벌어진 건 아닐까 싶어서."

　희진이 어두운 표정으로 고백했다. 한동안 둘 사이에 무거운 침묵이 흘렀다. 희진과는 그 사고에 대해서 얘기를 꺼낸 적이 없었다. 도담은 자신에게 벌어진 일에만 골몰하느라 희진의 마음이 어떨지 헤아리지 못했다. 어린 희진을 상상해 봤다. 자신이 목격한 이야기를 하지만 않았어도 그 악몽 같은 일이 벌어지지 않았을 거라고 생각하며 자라 왔을 희진을. 두 친구의 집이 풍비박산 나 흩어지는 과정을 지켜본 희진을. 그날의 소용돌이는 희진에 삶에도 적지 않은 영향을 끼쳤을 것이다.

　"네 잘못 아니야. 죄책감 느낄 필요 없어."

　그렇게 말했지만 도담은 그게 마음처럼 되지 않는다는 것도 알았다. 이렇게 오랜 시간, 많은 사람에게 영향을 끼친 진평의 굴레가 진절머리 났다. 12년. 새삼 12년이라는 시간은 누군가 존재하는지도 모르던 상대와 만나 가정을 이루고 세상에 존재하지도 않던 아이가 뛰어다닐 정도로 성장하고도 훨씬 남는 긴 시간이었다. 여럿의 운명이 달라진 시간⋯⋯.

"너 그때 해솔이 좋아했지?"

도담이 웃으며 물었다.

"아냐, 나는 그냥 조금 관심 있는 정도였지."

희진이 어두운 표정을 거두고 피식 웃었다. 그때 해솔은 꽤 인기 있었다. 늘 창가에 앉아 책을 읽던 서울에서 온 뽀얗고 신비한 분위기의 소년. 희진이 눈을 반짝이며 궁금해했다.

"해솔이, 또 만나기로 했어?"

"응, 그렇긴 한데……."

"너는 어때? 해솔이에 대한 감정이?"

희진은 재미난 드라마 이야기라도 하듯 열을 올렸다. 도담이 피식 웃었다.

"언제 적 일인데."

"너희는 강제로 찢어지듯 헤어졌잖아. 그러니까 감정이 다 불타기 전에 절단된 심지가 남아 있을 수도 있지."

"……."

"오지랖 같아서 여태 참았는데, 나 너희 둘 사이에서 말도 못 하고 불편했어."

"뭐가?"

"나 대학 때 해솔이 한 번 본 적이 있었거든."

"대학 때?"

"응, 나도 그간 연락하고 지낸 건 아닌데 갑자기 연락이 와서 장례식에 갔었어."

도담은 눈을 동그랗게 뜨고 무슨 장례식이냐는 표정으로 희진을 바라봤다.

"해솔이 할머니 돌아가셨을 때 부고 문자를 보냈더라고. 나도 놀랐어. 나한테 왜 보냈나 싶기도 하고."

부고 문자를 받고 희진은 망설였다. 내가 가는 게 맞는 건가. 해솔이 도담에게도 보냈을까. 도담에게 연락해 봐야 하는 건가. 결국 고민 끝에 혼자 찾아간 장례식장에는 도담이 아닌 선화가 해솔의 곁에 있었다. 손님이 거의 없는 아주 조촐한 장례식장이었다.

도담은 이어지는 희진의 말이 귀에 들어오지 않았다. 할머니의 영정 사진 앞에서 슬프게 우는 해솔의 표정이 본 것처럼 선명했다. 해솔이 너무나 짠하고 안쓰러워 눈물이 차올랐다. 도담이 울먹이며 물었다.

"그게 언제야?"

"나 졸업반이었으니까 스물다섯 살 때였을 거야. 왜 말 안 했냐면, 더는 너희들 사이에서 내가 무슨 말을 전하는 게 무서워서……."

희진도 울먹였다. 도담은 말없이 고개를 끄덕였다. 희진의 입장도 이해가 갔다.

"나는 너희 둘 응원해."

희진이 눈물을 글썽이는 와중에 미소 지으며 말했다. 도담이 무슨 말이냐는 표정으로 희진을 봤다.

"아니, 너희 둘 다 행복했으면 좋겠다는 말이야."

"엄마, 왜 울어?"

서하가 눈을 동그랗게 뜨고 희진을 살피며 고사리 같은 손으로 눈물을 닦아 줬다.

"이모, 왜 울어?"

도담은 오래 묵은 응어리가 조금은 풀리는 느낌이었다. 희진과 터놓고 이야기하니 좋았다. 오늘 아침만 해도 이렇게 만날 줄도 몰랐고, 만나서 서로 이런 이야기를 나눌 생각은 전혀 없었는데. 서하 덕분이었다. 울지 않고 위로해 주려는 서하의 기특한 모습에 웃음이 났다. 도담은 "괜찮아."라며 서하의 붕대 감은 손을 호오— 불어 주었다.

29

해솔과 도담의 앞에 정갈하게 플레이팅 된 관자 요리가 나
왔다. 둘은 퓨전 한식으로 유명한 서촌의 레스토랑에서 식사
중이었다. 해솔이 회복되어 가는 동안 두 사람은 몇 차례 함
께 식사하며 시간을 보냈다. 대학생 때는 좀처럼 엄두를 못
내던 식당에 다니며 기분을 냈다. 마주 앉아 식사하다가 둘
이 눈만 마주쳤을 뿐인데 동시에 웃었다. 해솔이 먼저 왜 웃
냐고 물었다.

"우리 롯데리아에서 이렇게 마주 앉아서 팥빙수 먹던 게
생각나서."

"나도 그 생각나서 웃었는데."

두 사람의 얼굴에 미소가 떠나지 않았다. 해솔은 도담과

만나는 날이 기다려졌다. 함께 있는 동안 도담의 말에 귀를 세워 집중했고 잠시도 도담의 얼굴에서 눈을 떼지 않았다. 예전과 그대로인 점도 있고 달라진 점도 있었다. 해솔은 도담이 예전보다 한층 평온해졌다는 것을 표정에서 알 수 있었다. 그리고 도담을 만나는 시간이 여전히 감격스러웠다.

지난번에는 분위기 좋은 바에서 함께 와인을 마셨다. 술을 마시는 해솔을 보고 도담이 술꾼 다 됐네, 하며 웃었다. 해솔은 멋쩍게 웃으며 도담에게 아직 술을 자주 마시냐고 물었다. 도담은 고개를 저으며 이제 별로 당기지 않는다고, 그때 마실 만큼 마신 것 같다고 했다. 그렇게 말하고 나니 도담은 취해 있던 그 시절이 전부 지나가 버린 것처럼 느껴졌다.

이어서 스테이크가 나왔다. 도담은 자신을 보며 행복한 얼굴로 웃고 있는 해솔을 바라봤다. 우리는 이제 어떻게 되는 걸까. 이렇게 지난 시간을 전부 이야기하고 쌓인 말들을 나누고 나면, 가끔 안부를 묻고 근황을 공유하고 경조사를 챙기는 동창생 같은 사이가 되는 걸까. 냉소 클럽이니 뭐니 하지만 만나고 있는 승주가 있었다. 도담은 해솔과의 만남이 시간 가는 줄 모르게 반가웠지만 혼란스럽기도 했다. 무엇보다도 해솔이 어떤 마음인지 알지 못했다.

"너랑 시장에서 먹었던 떡볶이가 진짜 맛있었는데."

도담이 스테이크를 썰며 말했다.

"맞아. 나도 기억나. 깻잎 떡볶이."

"그거 할머니가 우리 맛있는 거 사 먹으라고 용돈 주신 거 였는데, 몰랐지?"

몰랐던 사실에 해솔의 얼굴에 약간의 놀라움과 슬픔이 스쳐 지나갔다.

"그랬구나. 거기 아직도 하려나. 다음에 기 볼까?"

두 사람은 서로를 물끄러미 바라봤다. 도담은 해솔의 할머니를 보러 갔던 날을 떠올렸다. 그날의 기억이 왜 그렇게 좋게 느껴지는 걸까. '그 세월도 어느새 훌렁 간다. 싸우지 말고 하루하루 행복하게 살아.' 할머니의 말을 듣고 축복받은 기분이 들었었다. 구성지게 노래를 부르던 할머니의 목소리, 해솔을 잘 부탁한다는 말, 맞잡았던 마른 손의 감촉이 떠올랐다. 가슴이 미어져 왔다.

"나 희진이 만났었어⋯⋯. 할머니 돌아가셨을 때 왜 연락 안 했어?"

도담이 해솔의 슬픈 눈을 바라봤다. 혼자서 할머니의 장례를 치른 해솔을 생각하면, 세상에 홀로 남겨진 해솔을 떠올리면, 이미 지나간 슬픔인데도 왜 이다지도 쓸쓸하고 가슴이 아픈 걸까. 도담은 해솔을 안아 주고 싶다는 강렬한 감정을 느꼈다. 눈빛으로는 이미 수십 번 끌어안았다.

"⋯⋯혹시 나한테 연락했었어?"

도담이 재차 물었다.

"응."

해솔이 담백하게 수긍했다. 도담은 미안하고 안타까웠다. 자신에게 보냈을 부고 문자. 엉뚱한 사람의 수신함에 들어갔을 문자를 떠올렸다. 내가 필요했을지도 모르는데. 번호를 바꿨던 자신이 싫었다. 도담은 슬퍼지려는 기운을 애써 삼켰다.

"갔어야 했는데……."

"지나간 일인데 뭐."

해솔이 아프게 웃었다. 두 사람은 서로가 없던 지난날, 함께 했다면 좋았을 순간들을 이야기했다. 기뻤던 순간들과 슬펐던 순간들. 위로가 필요했고 축하가 필요했던 순간들. 그중에는 서로 각자의 연인과 함께한 일들도 있었지만 질투는 느끼지 않았다. 그때 있어 준 사람들이 표류하는 망망대해에서 겨우 매달릴 구명환이 되어 주었음을 서로가 누구보다 잘 알았다. 오히려 고마웠다. 장례식 때 선화가 있어 주었다니, 해솔이 외롭게 혼자가 아니었다니 다행이었다.

가을 하늘이 푸르고 높았다. 식사를 마친 두 사람은 나란히 오후의 한적한 서촌 길을 걸었다. 공기가 선선하고 걷기 좋은 날씨였다. 도담은 해솔에게 아이 엄마가 된 희진의 근황을 들려주었다. 희진이 품고 있는 죄책감에 대해서도.

"희진이가 그런 마음일 줄은 몰랐어."

해솔이 곱씹으며 말했다.

"희진이도 맘고생 많이 했을 거야. 그래도 터놓고 얘기하니까 참 좋더라. 12년이나 지났는데 이제 말 못할 게 뭐 있나 싶고."

해솔은 의외의 말을 들은 것처럼 도담을 빤히 봤다.

"정말 그렇게 생각해?"

"응, 다 털어놓고 나니까 뭔가 응어리가 조금 풀린 것 같아. 여태 진평을 떠올리는 건 뭐든지 덮어두고 피하기만 했는데 이제야 직면한 기분이랄까. 생각만큼 아프지 않더라고."

도담이 잠시 숨을 고른 후 물었다.

"넌 나를 보면 아직도 슬퍼?"

해솔이 도담을 물끄러미 바라봤다. 상실감이 사라지지는 않았지만 그때만큼 아프진 않았다.

"아니, 확실히 무뎌진 것 같아."

해솔은 도담과 그런 말을 주고받을 수 있다는 사실이, 시간의 힘이 놀라웠다. 시간이 약이라던 할머니의 말이 떠올랐고 다시금 뭉클한 마음이 퍼졌다.

"나 다음 주면 구조대 복귀해."

"아직 이른 거 아니야?"

"자극이 조금 있는 정도지 괜찮아."

해솔이 씩씩하게 왼팔을 돌려 보였다.

"구조대는 할 만해? 힘들진 않아?"

"처음엔 참혹한 사고 현장이 힘들었는데 지금은 좀 적응했지."

"그럼 스쿠버 자격증도 있겠네?"

"당연하지. 수상 구조도 얼마나 많이 나갔는데."

"대단하다, 너. 난 그 이후로 한 번도 물에 안 들어갔어."

해솔은 도담이 물을 그토록 좋아하던 게 떠올라 마음이 짠했다. 스쿠버 다이빙은 꼭 다이빙 버디와 함께 물에 들어가는 게 원칙이었고, 도담의 다이빙 버디는 더 이상 세상에 없었다.

"여전히 물이 무서워?"

"모르겠어. 그냥 대학 때는 내내 겁에 질려 있던 것 같아. 다들 엠티 간다는 데 나 때문에 진평에 안 갔었잖아. 그땐 겨울이라 물놀이할 것도 아니었는데."

도담은 자신 없는 표정이었다. 대학 시절 연인이었던 때도 둘이서 여행 한번 함께 가지 못했다. 해솔은 운전하게 되면 어디든 도담을 데리고 가겠다고 했던 게 생각났다. 그때 못 했던 것들, 해 주고 싶었던 것들을 전부 함께하고 싶었다. 갑자기 해솔이 말했다.

"가자."

"어딜?"

"진평에. 가 보자."

도담을 바라보는 해솔의 표정이 진지했다. 12년이나 지났는데 말 못할 게 뭐 있냐고 말한 건 도담 자신이었다. 못 갈 게 뭐가 있어. 도담은 싫다고 하지 않았다. 피하기만 하던 진평과 마주하고 싶었다.

30

해솔이 운전하는 차는 금방 서울을 벗어나 진평으로 향하는 국도로 들어섰다. 가을이 완연해 붉게 물든 단풍이 절정이었다. 국도와 나란히 달리는 산과 강이 그림처럼 펼쳐져 드라이브 명소로 꼽히는 곳이었다. 도담은 운전 중인 해솔의 옆얼굴을 바라봤다. 여전히 아름다운 풍경이었다. 진평도, 해솔의 옆얼굴도.

도착한 곳은 진평댐이었다. 해솔과 도담은 시선을 교환한 후 거대한 댐을 바라보며 나란히 섰다. 탁 트인 저수지 너머로 산 너머 산들이 너울거리며 넓게 펼쳐져 있었다. 12년 전과 변함없이 광활한 풍경이었다. 그때와 다른 점이 있다면 안개라고는 조금도 찾아볼 수 없이 청명했다.

추억과 함께 아픈 기억이 떠올라 도담은 가슴이 아려 왔다. 창석과 미영은 그날 그렇게 갑자기 사라져 버렸다. 도담은 오랫동안 대답 없는 의문과 상실을 지닌 채, 마음에 구멍이 생긴 채로 살아왔다. 해솔도 저수지를 바라보며 생각에 잠겨 있었다. 도담은 궁금했다. 해솔이 뭔가 말하고 싶은 게 있어 이곳에 오지고 한 것인지. 희진과 터놓고 이야기하고 조금 마음이 풀린 것처럼 해솔도 그렇게 만들어 주고 싶었다. 도담이 오래 묵은 감정을 꺼내 놓았다.

"너랑 만나던 그때는 내 인생에 그런 일이 없었으면 얼마나 좋았을까, 그 생각을 안 하는 게 너무 힘들었어."

"아버지를 아직도 미워하고 있어?"

"내게는 실망스러운 아빠야. 평생 좋은 일을 한 사람이란 것도 알고 다 아는데, 마지막에 아빠가 꼭 우리 가족을 버린 것만 같았어……."

"최 반장님은…… 어느 누가 빠졌더라도 그러셨을 거야."

도담이 얕게 한숨을 내쉬었다.

"너는, 우리 아빠한테 원망 없어?"

"나는……."

해솔은 심란한 얼굴로 입술을 움찔거리며 뜸을 들였다. 대학 시절 도담이 종종 보았던, 무언가 하고 싶은 말이 있는데 머뭇거리며 참는 표정이었다.

"우리 그간 하지 못했던 말, 하고 싶었던 말 다 털어놓자."

도담이 말했다. 이내 해솔은 무언가 굳게 결심한 듯 입을 열었다.

"도담아, 오래전에 너에게 말했어야 했는데 하지 못한 말이 있어."

도담은 어서 말해 보라는 눈으로 해솔을 바라봤다. 해솔은 무거운 표정으로 말을 이었다.

"네가 모르는 사실이 있어."

바람이 불어와 잔잔했던 수면에 파문이 일었고 새들이 푸드덕 날아갔다. 도담은 놀란 눈으로 해솔을 봤다. 예상 밖이라 무언가 섬뜩함을 느꼈다.

"그게 무슨 말이야?"

"그날 밤 폭포에서 나는 떠내려가던 두 사람보다 더 빨리 다리에 도착했어."

폭포에서 전속력으로 달려 내려간 해솔은 다리 위에서 미끄러져 넘어졌다. 숨이 가빠 구역질이 났다. 폭우 속에서 급하게 랜턴을 비추며 계곡을 살피던 해솔은 물이 불어 거세진 급류 한가운데서 창석을 발견했다. 창석은 한 손으로 계곡의 바위를 잡고 다른 손으로 미영을 잡은 채 초인적인 힘으로 버티고 있었다. 저대로라면 두 사람이 얼마 버티지 못하리라는 게 분명했다. 해솔은 바위를 향해 달렸다. 심장이 가슴 바깥에서 뛰는 듯 심하게 요동쳤다. 다리 끝에서 해솔은 한번 심호흡한 뒤 몸을 납작 엎드려 다리 아래쪽으로 힘껏 손을 뻗었다. 창석이 타이밍 맞게 팔을 뻗는다면 잡을 수 있었다.

"엄마!"

해솔의 외침에 바위를 붙잡고 버티고 있는 창서과 미영이 해솔을 바라봤다.

"해솔아!"

해솔은 미영의 당황한 표정과 마주했다. 네가 어떻게 여기에? 라는 듯한 눈빛이었다. 해솔이 한 손을 뻗은 채 뛰어 내려온 길을 바라봤다. 누군가 다리 위에서 하반신을 잡아 주면 좋겠는데. 그러나 도담이 내려올 기미는 보이지 않았다. 기회는 오직 한 번뿐이었다. 자신의 가녀린 팔로 해낼 수 있을까, 자신이 없었다.

"해솔아! 안 돼! 하지 마!"

미영과 창석이 누가 먼저랄 것 없이 함께 외쳤다. 창석이 더는 못 버티고 잡고 있던 바위를 놓쳤다. 순식간에 두 사람은 다리 쪽으로 떠내려왔다. 다리 밑을 통과하는 순간 창석이 손을 뻗어 해솔의 손을 겨우 맞잡았다. 해솔의 상체가 휘청하고 다리 바깥으로 끌려가 금방이라도 넘어갈 듯 위태로웠다. 버티려고 돌다리 틈새에 끼워 넣은 해솔의 손이 꺾이고 까져서 피가 흘렀다. 창석은 붙잡고 있는 미영을 먼저 올리려 했지만 해솔의 힘으로는 꼼짝도 할 수 없었다. 해솔은 무기력함에 절규에 가까운 고함을 질렀다. 창석과 미영은 서로 눈빛을 주고받았다. 짧은 찰나에 어떤 결심을 한 듯 보였다.

창석은 해솔을 붙잡은 손을 놨다.

해솔은 손에서 두 사람의 무게가 빠져나가는 걸 고스란히 느꼈다. 공포감으로 해솔의 입이 벌어졌다. 허공을 휘젓는 해솔의 손에 미영의 머리끝이 스쳤다. 두 사람은 해솔을 더 붙잡았다가는 함께 빠질 것을 안 것이다. 창석과 미영은 시야에서 사라질 때까지 애달픈 눈빛으로 해솔을 지켜봤다. 다른 말은 할 수 없이, 엄마! 해솔아! 하고 서로를 애타게 불렀다.

"너희 아버지는 나를 살리려고 손을 놓으셨어. 나는 최 반장님에게 두 번이나 구해진 거야."

해솔은 울음을 삼키며 말을 마쳤다. 도담은 온몸의 피가 빠져나간 듯 손끝이 저렸다. 창석은 마지막까지 사람을 구하려고 애썼다. 그랬으리란 것을 알고 있었다. 오랜 시간 미워했지만, 실은 도담도 창석을 미워하고 싶지 않았다. 창석을 조롱하고 비난하는 말들 앞에서 적극적으로 변호하고 싶었다. 그러나 그러지 못했다. 가슴 깊은 곳에서 뜨거운 미안함이 차올랐다. 도담이 충혈된 눈으로 물었다.

"왜 말하지 않았어?"

"내가 구하지 못했어……."

해솔은 고개를 숙였다.

"이제야 말해서 정말 미안해. 너도 알아야 한다고 생각하면서도…… 두려워서 말하지 못했어. 용서해 줘."

도저히 어떤 반응을 보여야 할지 몰라서 도담은 해솔에게서 등을 돌리고 돌아서 버렸다. 이제야 퍼즐이 맞춰지고 많은 게 이해됐다. 대학 시절 미안하다며 오열하던 해솔의 모습. 무언가 말하려고 망설이며 입술을 움찔거리다 끝내 삼키던 모습. 말실수를 두려워하고 술에 취하는 것을 경계하던 모습. 서로를 끌어안고 함께 잠들던 때조차 말하지 못했을 해솔의 마음을 생각하니 슬픔이 걷잡을 수 없이 밀려왔다. 그 모습을 보고 오버하지 말라고, 답답하다고 비난했던 자신도 떠올랐다. 도담의 눈에서 눈물이 흐르기 시작했다. 오랜 시간 죄책감을 품고 해솔이 혼자 감당했을 무게가 미안했다. 도담이 다시 해솔을 향해 돌아섰다. "바보야." 하고 도담이 해솔의 가슴팍을 때렸다. 해솔은 조용히 눈물 흘렸다.

"해솔아."

이렇게 다시 소리 내서 이름을 부르게 될 줄 몰랐다. 겨우 감정을 추스른 뒤 도담이 말을 이었다.

"네가 혹시라도 자책하고 있다면 그러지 마."

해솔의 눈이 가늘어졌다. 긴 시간이 흘렀고 많은 게 달라졌지만 두 사람의 일부는 과거에 멈춰 있었다. 겁이 나서 한 번도 사과하지 못한 건 도담 자신도 마찬가지였다.

"나야말로 그날 일에 대해 네게 사과했어야 했어. 정말 미안해. 그리고 고마워. 이렇게 다시 나타나 줘서. 살아 있어 줘서. 나는 이 모든 저주 같은 일이 나 때문이라고 생각했어. 누군가를 벌하려는 마음이 이 모든 것을 초래했다고 생각했어. 그러니까, 너를 벌주려고 하지 마."

도담의 사과를 들은 해솔은 슬픈 얼굴로 입을 열었다.

"너 때문이 아니야. 나는 출동을 나가서 매일 사고 현장을 목격해. 부주의 때문에 일어나는 사고도 있지만, 설명할 수 없는 일들도 많이 일어나. 자다가 말벌에 쏘여 영영 깨어나지 못하는 경우도 있고. 처참한 교통사고 현장에서 음주운전을 한 운전자는 살아남고, 아무 잘못 없는 가족이 사망하는 부조리한 일들이 벌어져. 그런 현장을 수두룩하게 겪다 보면 세상에는 정말 신도 없고 인과응보 같은 건 존재하지 않는 것 같이 느껴져. 내가 하고 싶은 말은, 그게 아무도 바라지 않은 일이었다는 걸, 뜻밖의 사고였다는 걸 받아들여야 한다는 거야."

해솔이 도담을 똑바로 바라봤다. 바람이 불어와 나무의 이파리들이 손을 흔들 듯 파르르 몸을 떨었다. 도담이 목이 멘 소리로 물었다.

"해솔아, 너는 나를 용서했니?"

"용서하고 말 게 뭐가 있어. 네가 왜 나한테 그런 말을 하는 건지 모르겠다."

해솔이 붉게 충혈된 눈으로 어색하게 웃으며 도담의 눈길을 슬쩍 피했다. 도담은 해솔이 그렇게 말하리란 걸 예상했다. 도담은 해솔과 두 눈을 마주 봤다.

"해솔아, 나한테 그런 말을 하는 너는, 너를 용서했니?"

물기를 머금은 도담의 목소리가 가늘게 떨렸다. 도담의 물음에 해솔은 아무 대답도 하지 못하고 한동안 눈을 감고 있었다. 곧 꾹 감은 해솔의 눈에서 눈물이 흘러내렸다. 도담은 해솔의 소맷자락을 붙잡았다.

"두 분도 네가 그러기를 바랄 거야. 너를 용서해야 해."

도담이 해솔에게 한 말은 정작 12년간 스스로에게는 한 번도 하지 못한 말이었다. 알면서도 자신에게는 해 주자 못했던 말. 이 말을 하기 위해 해솔과 도담은 서로라는 거울이 필요했다.

도담은 손을 뻗어 해솔의 손을 잡고 어루만졌다. 아기 피부처럼 보드라워 주머니에 넣고 다니고 싶던 손. 유난히 손가락이 길고 만져지는 손길이 그리웠던 해솔의 손이 지금은 딱딱하게 굳은살이 박이고 거칠었다. 그 변화만큼 해솔이 험한 현장에서 보낸 시간을 가늠할 수 있었다. 해솔의 탄탄한 근육은 그가 건강하다는 증거가 아니라 해솔이 쌓아 올린 스스로에 대한 원한에 가까워 보였다. 해솔이 도담을 와락 끌어안았다. 따뜻한 피와 살로 이루어진 해솔의 단단한 품이 느껴졌다. 해솔은 창석이 마지막으로 살린 생명이었다. 너무도 달라진 해솔이었지만 고소한 체취는 그대로였다. 과거로 돌아간 것 같았다. 진평의 언덕으로, 궁전으로, 시간을 잊었던 그때로, 나쁜 일이 일어나기 전 그 시절로. 해솔의 규칙적인 심장 박동이 느껴졌다. 네가 없어 외로웠어. 보고 싶었어. 안고 싶었어.

싸르륵 소리를 내며 쉼 없이 흔들리던 나무가 움직임을 멈췄다. 저수지 수면에 윤슬이 반짝이며 빛났다. 바람이 멎고 새들도 지저귀지 않고 고요해졌다. 그때 어디선가 높은 휘파람 소리가 아스라이 들려왔다. 휘이이— 두 사람은 놀란 눈으로 서로를 바라봤다. 슬프기도 신비롭기도 한 귀신 새 울음소리. 12년 전 아득히 먼 곳에서 넘어와 지금 여기에 도착한 듯한 소리. 거대한 힘 앞에 저항할 수 없었다. 둘은 서로의 숨결을 나누며 입을 맞췄다. 다시 하나가 되어 빨려 들어갔다.

*

타닥타닥 타는 모닥불을 바라보며 두 사람이 밤을 지새우는 농안 창밖에서는 호랑지빠귀 울음소리가 간헐적으로 들려왔다. 불빛이 일렁이며 두 사람의 얼굴에 붉은빛과 그림자를 너울거리게 했다. 따스한 불기운을 쬐며 둘은 서로의 어깨에 기대어 있었다.

"우린 이제 다시는 헤어지면 안 돼."

해솔이 확신에 찬 목소리로 말했다. 도담은 해솔의 적극적인 모습에 놀랐다. 해솔이 자신과 비슷하게 혼란스러운 마음을 말할 줄 알았다. 도담이 한숨을 길게 내쉬었다.

"자신이 없어. 우린 너무 많은 상처를 주고받았잖아. 다시 또 그렇게 되면……."

도담은 말을 끝맺지 못했다. 해솔이 도담의 얼굴을 한동안 바라봤다.

"한 번 깨진 관계는 다시 붙일 수 없다고 하는 건 비유일 뿐이야. 이렇게 생각해 봐. 우리는 깨진 게 아니라 조금 복잡하게 헝클어진 거야. 헝클어진 건 다시 풀 수 있어."

도담은 해솔의 볼을 쓰다듬었다. 해솔은 많이 변했다. 용감해졌다. 깨지지 않았다. 부서지지 않았다. 다만 헝클어졌을 뿐이다. 마음속으로 곱씹으며 도담이 말했다.

"지금의 나는 네가 8년 동안 그리워한 사람이 아닐 수도 있어."

"지금 너는 어떤 사람이야?"

두 사람의 눈동자에 서로의 모습이 비쳤다. 도담은 해솔의 검은 눈동자 안에서 소년을 구한다고 물에 뛰어들었던 용감한 10대 시절 자신의 모습을 발견했다.

"이제는 비겁한 겁쟁이가 된 것 같아."

"비겁한 게 아니야. 그런 일을 겪으면 누구라도 움츠러들 수밖에 없어."

모닥불에 불씨가 약해져 꺼질 듯 위태로웠다. 도담이 나무를 뒤적이자 화르르 불꽃이 일어났다가 불길이 살아났다.

"이 불꽃처럼 우리는 지금 상황 때문에 기름이 부어진 걸 수도 있어. 잠깐 타오르는 도취 같은 걸 수도……."

해솔이 고개를 저었다.

"그게 도취라고 한다면, 나는 깨지 않고 12년을 계속 취해 있었어. 그런 강렬한 도취는 하고 싶다고 아무나 할 수 있는 게 아니야."

"네 감정을 그렇게 확신해?"

"응. 생명을 구해야 한다는 걸 의심하지 않는 것만큼."

도담이 해솔의 눈을 바라봤다. 해솔은 확고했다. 그 사고 이후 늘 감정보다 이성적인 선택을 하며 엄격히 살아온 해솔에게 도담만은 유일한 예외였다.

도담은 그날 이후 자기 감정을 의심하는 사람으로 자라났다. 누군가에게 끌리는 감정을 느끼면 강하게 의심했고 행복을 느끼면 자신이 겪게 될 낙차를 두려워했다. 그래서 행복한 순간에도 맘껏 행복해하지 못했다.

두 사람은 붉게 일렁이는 불을 보며 불안정하고 미성숙했던 과거에 대해 이야기했다. 도담이 말했다.

"나 그때 그렇게 헤어진 뒤로 많이 후회했어. 내가 이기적이었어. 미안해."

"아니, 우린 그날의 상처와 멀어질 시간이 필요했는지도 몰라."

해솔이 도담의 어깨를 쓰다듬었다. 해솔과 헤어지던 스물두 살 때 도담은 자신의 어두운 상처와 과오를 모르는 사람을 만나고 싶었다. 그런데 그것이 해솔을 만나는 것보다 행복하지 않았다. 긴 세월 두 사람은 나름의 실험을 거쳤다. 불같던 도담은 사그라지고 해솔은 열정적인 불길이 되는 역전이 일어났다. 도담이 다시 한번 주저했다.

"너는 이제 정말 괜찮아?"

"나는 네가 용서했으면 그걸로 다 됐어."

해솔이 확신에 찬 눈빛으로 도담을 바라봤다. 해솔에게는 할머니가 말했던 하나님의 용서보다도 도담의 용서가 중요했다.

실내에 들어온 날벌레 한 마리가 포닥거리며 모닥불에 달려들어 타올랐다. 도담이 해솔의 가슴팍에 얼굴을 묻고 말했다.

"불에 휩싸인 네 모습을 보고 사람들이 영웅이라고 하는데, 내게는 꼭 물에 빠져 허우적거리는 모습처럼 느껴졌어. 구조 신호를 보내는 사람처럼."

도담은 해솔을 끌어안고 등을 한참 동안 쓰다듬었다. 해솔이 불 속으로 뛰어드는 마음과 그 고통을 생각하자 가시 돋친 넝쿨을 끌어안는 듯한 기분이 들어 눈을 질끈 감아 버렸다.

"그러지 마."

해솔이 사명감 때문이라고 말하지만 도담은 알 수 있었다. 몸에 상처를 내고 술에 의존해 지냈던 도담은 자신을 벌하려는 마음에 대해선 누구보다 잘 알았다. 그 누구도 모르는 해솔의 비밀을 세상에서 유일하게 도담만은 알 수 있었다. 모두가 옳다고 하는, 생명을 위한 희생이라는 가치 안에서만 자기 파괴를 할 수 있다는 게 너무나 해솔이다웠다.

도담의 말을 듣고 해솔은 자기도 몰랐던 자신의 상태를 알게 된 듯 했다. 아무도 모르는 죄책감을 오래 품고 지낸 그는 자기 삶을 덤으로 얻은 인생이라고 여겼다. 열 명의 목숨을 구하고 백 명의 목숨을 구하면 그 값을 치를 수 있을까 하는 마음으로, 자기 눈을 찌르는 마음으로, 자신의 생명은 그렇게 쓰여야 한다는 듯 위태롭게 뛰어들었던 것이다.

8년 만에 해솔을 다시 안은 순간 도담은 삶이 반복된다는 환희를 느꼈다. 두 사람은 마지막인 것처럼 안았다. 물에 빠진 사람이 매달리듯 허우적거리며 절박하게 서로를 움켜잡았다.

"뛰어들지 마. 남들보다 앞장서서 그러지 마. 나는 더는 잃고 싶지 않아."

도담의 당부에 해솔은 고개를 끄덕였다.

어스름한 새벽이 되자 저수지 앞에는 물안개가 가득해 산세기 한 치 앞도 보이지 않았다. 도담은 불안해졌고, 그런 도담의 마음을 알아챈 해솔이 손을 꼭 잡았다.

"두려워. 무슨 일이 일어날까 봐."

해솔과 깍지 낀 손에 힘을 주며 도담이 말했다. 도담의 머릿속엔 급류에 휩쓸려 버리는 이미지가 떠올랐다. 이번에는 나쁜 쪽으로 삶이 반복되리라는 불안과 공포에 맞닥뜨렸다. 그러나 다른 방도는 없었다. 불안에 맞서 서로를 안아야 했다.

"지금 너는 행복이 두려운 거야."

해솔이 도담의 이마에 입을 맞추고 도담의 눈을 바라봤다.

"도담아, 슬픔과 너무 가까이 지내면 슬픔에도 중독될 수 있어. 슬픔이 행복보다 익숙해지고 행복이 낯설어질 수 있어. 우리 그러지 말자. 미리 두려워하지 말고 모든 걸 다 겪자."

31

선화와 해솔은 큰 호수가 있는 공원을 거닐었다. 화창한 날씨에 러닝복을 입고 조깅하는 사람들, 호수의 잉어를 구경하는 아이들, 개를 산책시키는 노인들로 공원은 평화로운 풍경이었다.

"좋아 보인다."

선화는 해솔의 동의를 구하듯 중얼거렸다. 이렇게 말하고 싶었다. 어때, 평화롭지. 불나방처럼 불구덩이 속에 뛰어들지 않고, 다치고 부러지지 않는 평안한 삶도 있어.

해솔이 회복한 뒤로 선화는 이전처럼 연락을 해 왔고 두 사람은 종종 만나 함께 밥을 먹었다. 헤어졌지만 6년의 익숙함은 쉽게 잘라 내지지 않았다. 해솔이 할 말이 있다고 좀 건

자고 했을 때, 선화는 내심 해솔이 다시 만나자고 하기를 바랐다. 그러나 걱정과 불안을 견딜 수 없어 먼저 헤어지자고 한 건 자신이었다. 일을 그만둘 수 없다는 해솔과 또다시 같은 결론에 이르는 반복을 해야 할까? 어쩌면 이번 사고로 해솔이 다른 결론에 도달했을 수도 있다고, 선화는 희망을 품었다.

공원을 한 바퀴 도는 데 한 시간이 걸렸다. 한참을 걸었는데도 해솔이 뜸을 들였다. 만나던 동안에도 해솔은 좀 답답한 구석이 있었다. 매사에 똑 부러지게 확실한 법이 없었다. 선화는 해솔을 잘 알았다. 해솔에게 헤어지자는 말을 하기 전에도, 자신이 놓아 버리면 해솔은 붙잡지 않으리란 것을 알았다. 언젠가 해솔이 자신의 성격에 대해 고백했다. 군대에서 휴가를 나와 만났던 그날, 선화가 "술 마시자!"가 아니라 "술 마실래?"라고 물었다면 어떻게 대답했을지 몰랐겠다고. 그때 선화는 해솔을 다루는 법을 알게 됐다. 해솔은 따라오는 사람이었다. 해솔은 아마도 자신이 다시 만나자고 하면 다시 만날 것이다. 거절 같은 건 좀체 못 하니까. 그걸 알면서도 선화는 먼저 말하고 싶지 않았다. 선화가 태연하게 말했다.

"저녁 먹자. 나 술 한잔하고 싶어."

"나 차 가지고 왔어."

해솔의 말에 선화는 그게 무슨 문제냐는 듯 어깨를 으쓱했다.

"우리 집에서 자고 가면 되지."

해솔이 말없이 선화를 물끄러미 바라봤다.

"왜, 약속 있어?"

해솔이 고개를 저으며 답했다.

"우리 헤어졌잖아."

"······."

"······나 만나는 사람이 있어."

마침내 해솔이 무겁게 다물고 있던 입을 열었다. 해솔은 자신과 도담 사이의 이야기를 전부 들려주었다. 진평에서의 첫 만남부터 둘의 가족 사이에 어떤 일이 있었는지, 대학 시절의 연애와 지금의 재회까지. 주저하지 않았고 막힘이 없었다. 선화가 알던 해솔이 아니라 다른 사람이 말하는 것 같았다.

이야기를 들으며 꽉 쥔 선화의 주먹에 힘이 들어갔다. 그런 거였어? 맨날 무슨 생각하는지 모르겠다고 느꼈는데······. 선화는 해솔에게서 사랑한다는 말을 좀처럼 듣지 못했다. 애정 표현을 잘하지 못하는 건 부끄러움을 많이 타는 성격 때문이라고 생각했다. 그렇게 믿고 싶었다. 선화는 두려운 사실을 인정하고 싶지 않았다. 해솔은 가족도 없는 외톨이였다. 해솔이 나를 사랑하지도 않으면서 단지 외로워서 만나고 있는 거라면, 처음부터 그랬던 거라면······. 선화는 방금 오래 품었던 의문에 대한 답을 해솔의 입으로 직접 들은 기분이었다. 도담에

관한 이야기를 하며 몰입한 해솔은 사랑에 빠진 걸 숨길 수 없는 사람의 얼굴이었다. 해솔은 선화의 곁에 있었을 뿐 그저 아무 선택도 하지 않은 거였다. 관계를 끝내는 일도, 분명하게 거절하는 일도. 선화는 배신감을 느꼈다. 숨을 쉬기가 힘들었다. 지난 6년간 속이 빈 거죽만 끌어안고 있던 것 같았다. 선화의 얼굴이 잔뜩 일그러졌다.

"이제 와서 그 이야기를 왜 하는 건데?"

"거짓말하고 싶지 않아서."

"그럼 나랑 보낸 시간은 다 뭐야?"

해솔은 선화를 바라봤다. 자신을 안아 줬던 선화의 따뜻함 덕분에 해솔은 얼어붙었던 마음에 온기를 되찾을 수 있었다.

"그 시간들은 다 진짜야. 너한테 고맙고."

선화에게 해솔의 말은 다 변명처럼 들렸다. 의아한 건 해솔의 태도였다. 해솔은 조금도 변명하는 사람 같거나 주눅 들어 보이지 않았다. 선화는 해솔의 저런 얼굴을 처음 봤다. 확신하는 사람의 얼굴.

"너 지금 왜 이렇게 당당해. 미안하지도 않아?"

"미안하다는 말은 안 할 거야. 그게 더 이상한 거잖아."

끝까지 침착한 해솔의 얼굴은 낯설기까지 했다. 선화는 이를 악물었다.

"세상 사람들은 모르지. 네가 남을 위해 사는 사람인 줄만 알고. 넌 너밖에 모르는 아주 이기적인 인간이야."

높아진 선화의 목소리에 공원의 사람들이 두 사람을 힐끔거렸다. 흔히 보던 길에서 싸우는 연인의 모양새가 된 것 같아 창피했지만 흥분을 가라앉힐 수 없었다. 선화가 울음을 터트렸다.

"방금 너는 우리가 보낸 시간을 모욕한 거고, 내 6년을 다 쓰레기통에 처박은 거야."

32

진평에 다녀온 이후 도담은 해솔로 인해 세상이 바뀌었다는 것을 알 수 있었다. 자려고 불을 끄고 눈을 감으면 찾아오던 만성적인 우울의 시간과 작별했다. 오랜 세월 굳어진 일이었기에, 그것이 사라진 밤이 낯설었다. 더 이상 악몽이 두렵지 않았다.

이래서는 그토록 미워하던 아빠와 똑같지 않은가. 도담은 생각과 마음의 불일치를 받아들여야 했다. 감정을 미룬다는 것은 불가능했다. 아빠도 그랬을까.

도담은 승주에게 전화를 걸어 약속을 잡았다. 비겁하지 않게 진실을 말해야 했다. 정미도 정확히 알아야 했다. 창석이 마지막 순간까지 생명을 구하려고 희생했다는 진실을. 이제 말할 수 없는 것은 없었다. 무겁게 마음먹으면서도 단단한 행복이 차올랐다. 자신의 마음을 정확하게 알고 방향을 확실히 정했기 때문에.

아빠도 이런 기분을 느꼈을까. 지금의 나처럼 확신이 있었을까. 도담은 여태껏 창석에 대한 미움과 분노로 자신의 죄책감을 덮고 있었다는 것을 깨달았다. 지금까지 창석은 도담에게 가족을 기만한 비겁한 사람이었다. 창석을 이해하고 싶지 않았다. 아빠는 엄마에게 말하려고 했을까. 엄마의 건강을 염려하며 미뤘을까. 창석에 대해 알 수 없는 수많은 것들이 있지만 단 한 가지는 알 수 있었다. 창석은 마지막까지 사람을 구하려고 애쓰던 사람이었다. 지금까지 밤마다 습관처럼 흘리던 것과는 다른 눈물이 도담의 눈에서 흘러내렸다.

*

"너 또 현장에서 오버했다간 그땐 아주 내 손에 죽는 줄 알아."

구조대장이 해솔에게 무섭게 호통쳤다. 해솔은 웃음기를 거뒀다.

"네!"

"넘치는 의욕도 좋지만 힘들면 얘기해라."

구조대장이 표정을 풀며 해솔의 어깨를 토닥였다.

"복귀 기념으로 오늘 제가 야식 쏘겠습니다!"

해솔의 말에 대원들이 박수쳤다. 해솔의 복귀를 축하하기 위해 안전센터 직원들까지 모여 구조대 사무실이 모처럼 붐볐다. 해솔은 여전히 복귀라는 단어가 좋았다. 오랜만의 근무에 기분 좋은 긴장이 돌았다. 모두들 해솔이 어딘가 달라졌다는 것을 느꼈다. 이전보다 활력과 생기가 넘쳤다. 민재가 입모양으로 대체 무슨 일이냐고 물으며 해솔의 가슴을 팔꿈치로 쿡 찔렀다. 해솔은 빙긋 웃을 따름이었다.

해솔은 캐비닛을 열면 바로 보이는 위치에 도담에게 받은 사진을 붙였다. 무지개가 펼쳐진 차고 앞에서 창석과 해솔이 웃고 있는 빛바랜 사진이었다. 먼지 쌓인 캐비닛을 깨끗이 닦던 해솔은 캐비닛 안쪽에 넣어 둔 편지를 발견했다. 만약을 대비해 남겨 둔 유서에는 동료들에 대한 고마움, 선화에 대한 고마움, 순직하더라도 현충원이 아니라 엄마와 할머니가 묻힌 추모 공원에 함께 묻어 달라는 말들이 적혀 있었다. 해솔은 도담에게도 편지를 써야겠다고 생각했다.

*

일진이 사나운 날이었다. 여느 때처럼 출동 벨이 울렸다.

해솔의 복귀 기념 출동이라고 농담하던 민재의 얼굴에는 긴장이 역력했다. 오전에 출동한 곳은 아파트 10층 베란다에서 투신하려는 자살 시도자가 있는 현장이었다. 위층에서 접근해 저지하려는 작전이었는데 한발 늦고 말았다. 에어 매트가 펼쳐지기 전이었다. 자살률이 1위라느니 40분에 한 명꼴로 죽는다느니 뉴스는 많이 접했어도 해솔이 소방관이 되기 전에는 체감되지 않는 숫자일 뿐이었다. 한발만 빨랐다면 생명을 구할 수 있었으리라는 생각은, 한발이 늦어서 생명을 잃었다는 자책으로 이어졌다. 얼른 털어 내야 다른 출동에 지장이 없으니 무뎌지고 무감해져야 했다.

"대불이다. 특대불."

오후에 물류창고 화재 현장으로 달려가는 구조공작차 안에서 민재가 중얼거렸다. 해솔은 긴장한 눈으로 차창 저 멀리 무섭게 뿜어져 나오는 시커먼 연기를 바라봤다. 경력 20년 차 구조대장도 처음 보는 큰 불이었다. 강풍이 불고 있었고 치솟는 불길이 사납고 불길해 보였다. 현장에는 인근 소방서의 소방차들이 모두 모여들었다. 도착해서 올려다본 10층 높이의 물류창고는 멀리서 보던 것보다 더욱 거대했다. 해마다 발생하고 있는 대형 화재였다. A동에서 시작된 불이 B동으로 옮겨붙고 있었다. 지옥이 있다면 이곳이 아닐까. 뜨거운 불길과 유독가스 가득한, 짙은 연기에 휩싸인 화재 현장은 아수라장이었다. 건물에서 막 빠져나온 작업자들이 구조대를 보고 A 동을 가리키며 울부짖었다.

"팀장님이 안 보여요!"

"안에 사람들이 몇 명이나 있습니까?"

해솔이 물었다.

"몰라요. 모르겠어요."

겨우 목숨을 부지한 작업자들은 혼이 빠진 모습이었다. 도움이 필요한 사람이 있다면, 만에 하나라도 가능성이 있다면 들어가야 했다.

팽팽한 긴장감 속에서 대원들은 공기 호흡기와 장비를 짊어지고 계단을 올랐다. 30킬로그램가량의 무게를 짊어진 걸음이 무거웠다. A동 안에 진입하자 시커먼 연기와 독한 화학 약품 냄새와 탄내가 가득했다. 방화복을 입고 있었지만 귀와 턱에 열기가 들이쳐 타는 듯 뜨거웠다. 해솔은 민재와 호스를 잡고 2인 1조로 움직였다. 쉴 새 없이 호스로 물을 뿌렸지만 거대한 불길을 잡기엔 역부족이었다. 앞이 하나도 보이지 않아 해솔은 민재와 함께 손으로 더듬으며 나아갔다. 쌓여 있던 물건들이 녹아 있는 탓에 발이 푹푹 빠졌다. 드러난 철골들이 갑자기 눈앞으로 찌를 듯이 튀어나왔다. 위에서 무언가 떨어지거나 밑으로 빠지거나, 한 걸음 한 걸음에 생과 사가 오가는 상황이었다.

들어온 지 얼마나 지났을까. 공기 호흡기의 남은 시간은 15분 남짓이었다. 얼른 탈출구를 찾아 새 공기통으로 교체하고 다시 이 불지옥 속으로 돌아와야 했다. 그때 무언가 무너지는 소리가 들렸다. 불에 타는 소리가 가득해 잘 들리지 않았지만 해솔은 신경을 곤두세웠다. 천장 한 부분이 무너져 내리고 있었다.

"뛰어!"

해솔이 민재에게 크게 외친 뒤 피난 유도등을 보고 내달렸다. 해솔은 불길을 벗어나 비상구 계단을 발견하고 안도했다. 해솔이 뒤를 돌아보자 어느새 뒤에서 호스를 잡고 있던 민재의 모습이 보이지 않았다. 주위에는 아무도 없었다.

삐익— 삐익—

공기 호흡기의 잔압 경보음이 요란하게 울려 댔다. 퇴출을 명령하는 구조대장의 다급한 무전이 들려왔다. 패닉이 왔다. 민재를 찾아야 했다. 해솔은 창석을 떠올렸다. 최 반장님, 이럴 때는 어떻게 해야 하나요. 뜨거운 불길이 널름거리며 덮쳐 와 해솔이 뒤로 물러섰다. 어서 결정해야 했다. 만일을 대비해 캐비닛에 넣어 둔 편지가 떠올랐다. 아직 도담에게 아무 말도 남기지 못했다. 위험에 뛰어들기를 만류하던 도담의 얼굴도 떠올랐다. 이제 막 다시 살아 보려는데…….

삐익— 삐익—

공기 호흡기 경보음이 쉴 없이 울려 댔다. 해솔은 숨을 몰아쉬었다. 진평강에서 도담을 처음 만나, 도담이 손을 뻗어 자신을 구해 줬을 때부터 지금까지 있었던 모든 일들이 주마등처럼 머릿속을 스쳐 갔다.

해솔은 민재를 찾기 위해 빠져나왔던 불길 속으로 다시 발걸음을 옮겼다.

*

도담은 정미의 집 화장실에서 거울을 보고 있었다. 어릴 때는 몰랐는데 점점 더 엄마를 닮아 가는 자신이 보였다. 왜 아픔을 가장 잘 아는 사람들끼리 서로에게 위로가 되어 주지 못했을까. 도담은 해솔을 다시 만난다고 정미에게 차분히 이야기할 생각이었다. 정미가 미쳤냐며 흥분해서 날뛸 것을 예상했다. 진실을 알리려는 것일 뿐 허락을 구하려는 건 아니었다. 도담은 심호흡을 하며 마음을 굳게 먹었다.

—출근 잘했어? 복귀 축하해. 오늘도 안전한 하루.

아침에 도담이 보낸 문자에 해솔은 아직 답이 없었다.

"얘, 도담아!"

갑자기 자신을 다급하게 부르는 정미의 목소리에 도담은 깜짝 놀랐다. 도담이 문을 열고 거실로 나오자 정미가 놀란 눈으로 텔레비전 뉴스를 가리켰다.

"해원이면 그 애 있는 데 아니냐."

정미의 목소리가 떨렸다. 도담은 놀라서 뉴스를 봤다. 앵커가 속보를 전했다.

"해원 물류창고 화재 발생 4시간째, 대응 2단계 발령으로 해원 소방서를 비롯한 인근 소방서가 지원 나와 진압 중이지만, 아직까지 B동에 옮겨붙은 거센 불길은 잡히지 않고 있습니다. 건물이 일부 붕괴된 A동은 불길이 전부 잡혔으나 내부에서 구조대원들이 수색 중이었던 것으로 알려졌습니다."

도담이 다른 채널로 돌려 보자 거의 모든 매체가 한낮의 대형 화재 속보를 보도하고 있었다. 가슴이 철렁 내려앉았다. 어린 시절 아빠가 잘못되면 어떡하나 온갖 불길한 상상에 사로잡혔던 것처럼, 불안한 예감에 손이 떨렸다. 도담은 떨리는 손으로 자기 뺨을 세차게 때렸다. 자신의 생각이 또 나쁜 일을 초래할 것만 같아 마구 떠오르는 생각을 지우기 위해. 정미가 놀라서 도담을 쳐다봤다. 그때 생중계 중인 화면에서 창고가 폭발하는 것이 보였다. 불꽃이 소용돌이치며 불기둥이 하늘로 치솟았다.

"지, 지금 보시다시피 큰 폭발이 일어났습니다. A동이 완전히 붕괴된 상황입니다."

현장 기자도 놀라 흥분한 목소리로 다급하게 상황을 전했

다. 무서운 기세로 뿜어져 나오는 시커먼 연기를 보면서 정미
도 덜컥 겁을 먹은 표정이었다. 도담이 성큼성큼 부엌으로 가
물이 끓고 있는 전기 포트 뚜껑에 손을 가져다 댔다. 손에 전
해지는 뜨거움을 느끼며 입술을 꽉 깨물고 손이 데도록 가만
히 있었다.

"얘가 미쳤어!"

정미가 도담의 손을 낚아챘다. 도담의 왼손이 벌겋게 익었
다. 금방 수포가 올라올 거였다. 뉴스에서 본 시뻘건 불길이 머
리에서 떠나지 않았다. 도담은 몸서리를 치며 고개를 저었다.

"나 가 봐야겠어."

"이제 막 왔으면서 어딜 간다는 거야?"

"나 해솔이 다시 만나. 그 말 하려고 온 거야."

눈이 휘둥그레진 정미를 두고 도담이 갈 채비를 했다. 넋이
나간 표정이었다.

"미쳤구나. 너 정말 엄마 돌아 버리는 꼴 보고 싶어?"

흥분한 정미가 기침을 쏟았다.

"걔는 대체 뭐야! 왜 소방관이 되어 가지고……."

"엄마는 정말 얼마나 더 하려고 그래? 차라리 나한테 욕을
해!"

도담이 버럭 소리를 지르며 말을 잘랐다.

"얘가 어디 눈을 똑바로 뜨고……."

도담의 기세에 놀라 정미는 눈을 끔뻑이며 말을 잇지 못했다. 기침이 점점 더 거세졌다. 도담이 울먹였다.

"엄마가 해솔이 욕할 때마다 나한테 하는 말처럼 들렸어."

"……."

"엄마도 다 알잖아. 가기 싫다는 애 내가 억지로 끌고 갔던 거. 랜턴도 내가 가져간 거고, 사고였다는 거."

그 일에 관해서 정미가 부당하게 굴어도 도담은 따지지 않았다. 그게 정미의 숨구멍이라는 것을 알고 있었다. 자식이 잘못한 걸 알면서도 나쁜 애랑 어울려서 그런 거라며 자식은 두둔하고 친구만 비난하는 부모처럼. 정미와 얼굴을 붉힐 때마다 정미가 기침하면 도담은 마음이 약해져서 대들기를 멈추곤 했다. 어느 정도 정미가 그걸 알고 이용하는 것 같았다. 그러나 이제 도담은 멈추지 않았다.

"엄마는 사과해야 돼. 그때 해솔이는 애였잖아!"

정미가 기침을 멈추고 거칠게 숨을 몰아쉬었다.

"난 허락 못 해."

"엄마 허락 필요 없어. 내가 용서했고 내가 허락했어."

"나는 네가 걱정돼서 그래."

정미는 한층 위축된 목소리로 말했다.

"엄마, 나 미워했지."

도담은 흐르는 눈물을 닦지 않은 채 정미를 똑바로 바라봤다. 정미는 무언가 잘못을 들킨 사람처럼 놀라 얼굴을 붉혔다.

"아빠를 잃게 만들어서 미안해. 근데 나는 지난 12년간 아빠도 잃고 엄마도 잃었어. 엄마는 나한테 엄마로 있어 주지도 않았잖아."

정미는 충격을 받은 듯 아무 말도 하지 못했다. 그 모습을 보니 도담은 정미가 안쓰러워 안아 주고 싶은 충동을 느꼈다. 도담은 입술을 씹으며 얼굴을 울상으로 구겼다. "다녀올게." 라는 말을 하고 도담은 정미를 덩그러니 남겨 두고 떠났다.

*

천막이 세워진 현장 지휘소는 실종자 가족들과 취재진들로 소란스러웠다. 화재 현장에서 나와 거뭇해지고 초주검이 된 소방관들이 생수를 머리에 부으며 뜨거운 열기를 식히고 있었다. 도담이 다급히 뛰어다니며 그들 가운데 혹시 해솔이 있는지 두리번거렸다. 도담은 정신없이 바쁜 지휘소의 직원을 붙잡고 해솔의 행방을 물었다.

"지금 파악 중입니다. 관계가 어떻게 되십니까?"

도담은 바로 답하지 못했다. 그저 가장 그리워하며 걱정하는 사람이었다.

"곧 브리핑 시작하니까 조금만 기다리세요."

서장이 굳은 얼굴로 현장 상황을 브리핑했다. 초조한 얼굴로 기다리던 도담은 A동 안에 매몰되어 있는 소방관 4명 중 해솔의 이름을 확인했다. 불안한 예감이 현실이 되는 끔찍한 기분이 들었다. 이전에 겪었던 최악의 일이 반복되는 기분. 저주를 받은 기분.

　저 멀리 붕괴된 A동의 잔해를 보면서 도담은 그 자리에 망연자실하게 서 있었다. 해솔의 생사를 알 수 없었다. 도담은 이끌리듯 A동의 잔해 쪽으로 가 통제선을 넘어가려 했다. 지휘소 직원들이 도담을 붙잡으며 막아섰다.

　"해솔아! 해솔아!"

　도담이 목이 찢어져라 애타게 이름을 외쳤다. 발을 동동 구르며 기다리는 수밖에 없었다. 눈물이 뺨을 타고 흘러내렸다.

　도담은 다리에 힘이 풀려 털썩 주저앉았다. 역시 내게는 행복이 주어지지 않는구나. 나는 불행한 사람인데, 내가 감히 분에 넘치게 행복하려고 했구나. 숨을 쉬기가 힘들었다. 도담은 표독스럽게 하늘을 노려봤다. 마치 다시 행복해지려는 희망을 품기만 하면 짓밟으려고 벼르고 있던 것 같은 하늘을. 얼마만큼 더 할 예정이냐고 하늘을 향해 욕을 퍼붓고 싶었다.

　해솔을 처음 만났을 때부터 지금까지 있었던 시간들이 도담의 몸과 마음을 전부 적실듯, 폭포처럼 쏟아져 내리는 것 같았다. 가슴이 찢어지는 듯한 고통이 느껴졌다.

도담은 땅바닥에 무릎을 꿇고 두 손을 모았다. 고개를 숙이고 몸을 둥글게 말고서, 자신이 한없이 나약한 존재임을 느끼며 간절히 기도했다.

제발, 살아만 있어.

4부

33

열흘 뒤, 2018년

"저는 출장이 있어서 모레 퇴근하고 올 수 있어요. 괜찮으
시면 내일은 도담 씨가 와 보시겠어요?"

선화가 물었다.

"네, 그렇게 할게요."

도담이 망설임 없이 대답했다. 해솔의 몸에 주렁주렁 붙어
있는 장치에서 기계음이 흘러나왔다. 목 아래 거의 전신과 얼
굴 왼쪽 절반에 붕대를 감고 있는 해솔은 수술을 마친 뒤에
도 열흘째 깨어나지 못하고 있었다. 선화와 도담은 번갈아 가
며 해솔을 방문했다. 두 사람은 닮아 갔다. 많이 울고 난 뒤에

푸석하고 생기 없어진 얼굴빛으로. 근심 가득한 가운데도 한 가닥 희망을 놓지 않은 얼굴이었다. 둘은 함께 해솔의 얼굴을 빤히 내려다봤다. 선화가 메마른 목소리로 농담했다.

"12년 전 첫사랑과 전 여친의 간호라니……. 이해솔 참 대단하네, 복 받았네."

"그러게요. 해솔이가 꼭 알아야 하는데."

도담이 힘없이 맞장구쳤다. 선화는 붕대를 감지 않은 해솔의 오른손을 잡았다.

"지난번에도 혼수상태였던 적이 있어요. 그때는 3일 만에 깨어났어요. 말벌집 제거 출동 나갔다가 슬레이트 지붕이 무너져서."

선화는 어이없지 않냐는 듯 웃었다.

"한번은 뛰어내리는 사람을 아래층에서 받다가 허리가 부러져서 누워만 있던 적도 있고요. 이번에도 깨어날 거예요. 반드시요. 해솔인 강한 사람이니까요."

도담은 자기도 모르게 해솔의 손을 잡은 선화의 손 위에 자신의 손을 얹었다. 한마음으로, 해솔만을 위해 함께 걱정하는 이가 있다는 게 위안이 되었다. 선화는 놀란 눈으로 도담을 보더니 이내 쓸쓸한 미소를 띠었다.

"두 사람에게 있었던 일……. 그 얘기 듣고 도담 씨를 부럽다고 생각했어요. 같은 아픔을 가진 게 그렇게 대단한 건가 싶기도 했고요. 저 진짜 나빴죠?"

도담이 대답 없이 선화의 눈을 바라봤다.

"저는 제가 누구보다 해솔이를 잘 이해한다고 생각했는데…… 아닌 것 같더라고요."

"……."

"처음 만났을 때 물에 빠진 해솔이를 도담 씨가 구해 줬다고 했지요?"

선화가 작게 웃음을 터트렸다. 도담이 의아한 표정을 지었다.

"네, 왜요?"

"어쩜…… 저도 해솔이가 물에 빠진 모습에 반했거든요."

선화는 한강에서 구한 학생을 구급차에 실어 보낸 뒤 온몸이 젖은 채 주저앉아 있던 해솔의 모습을 떠올렸다. 기진맥진해 오들오들 떠는 그 모습에 마음이 쓰였고 안아 주고 싶었다. 그 모습이 좀처럼 머리를 떠나지 않아 기어이 선천까지 찾아갔었다.

"저는 해솔이한테 뭐였을까요……."

도담에게 대답을 요구하는 물음이 아니었다. 도담의 손 위에 선화의 다른 한 손이 포개졌다.

"도담 씨는, 정말로 괜찮겠어요?"

선화가 도담의 눈을 똑바로 바라봤다. 깨어난다 해도 화상 흉터가 평생 남을 거였다. 후유증이 있을 수도 있었다. 도담이 확고한 얼굴로 고개를 끄덕였다. 선화가 얕게 한숨을 내쉬었다. 그리고 이내 결연하게 덧붙였다.

"저는 제가 할 수 있는 만큼 할 거예요. 그러니까 조금 시간을 주세요."

도담은 말없이 고개를 끄덕였다.

일상으로 돌아온 도담은 더 열심히 일하고 정성을 다해 환자를 치료했다. 그리고 기도하는 마음으로 해솔을 기다렸다. 혼수상태에서 깨어난 사례들을 찾고 또 찾았다. 제발 기적이 일어나기를 바랐고, 이미 해솔과의 재회로 자신에게 주어진 기적을 다 쓴 것은 아닌지 걱정했다.

깨어나지 않는 해솔의 얼굴을 지켜보면서 도담은 아뜩한 굴레를 느꼈다. 그러나 그 굴레는 혼자가 아니라 해솔과 함께 씌워진 것이었다. 도담은 그 아픈 굴레를 벗고 싶지 않았다. 결코 일어나지 않았으면 하는 끔찍한 일이 두 사람에게 일어났지만, 그런 일이 없었더라면 두 사람은 서툴게 만나다 헤어진 첫사랑에 그쳤을 수도 있었다. 도담은 해솔의 손을 잡아 보았다. 비틀거리는 자신을 잡아 주었던 손. 사람들을 구한 손. 이번에는 자신이 해솔의 곁을 지킬 거였다.

도담은 혼잣말이 늘었다. 병실에서 해솔을 보고 있을 때뿐만 아니라 늘 해솔과 대화하고 있는 기분이었다. 지난 8년간 헤어져 지내면서도 그랬다. 소식을 주고받거나 일상을 공유하진 않았지만, 늘 해솔의 영향 안에 있었다. 해솔과 나누었던 대화와 해솔이 바라보던 눈은 삶의 어떤 순간들마다 도담에게 기준이 되었다. 해솔이라면 지금 나를 어떻게 볼까. 지금 내게 뭐라고 할까.

선화는 해솔의 불안을 끌어안을 수 없어 떠났다고 했다. 도담은 불안이 익숙했다. 어쩌면 도담은 해솔과 운명처럼 얽힌 그 불안 자체를 사랑하는 것인지도 몰랐다.

한 달 뒤, 도담은 기다리던 전화를 받았다. 휴대폰 너머에서 들려오는 선화의 목소리가 떨렸다.

"해솔이 깨어났어요."

34

선화는 해솔이 탄 휠체어를 밀고 호수공원을 거닐었다. 잎
이 떨어진 나무들이 을씨년스럽고 불어오는 바람이 쌀쌀했지
만 공원을 걷는 사람들은 여전히 많았다. 해솔과 함께 가지고
싶었던 평화로운 풍경들. 반년 전만 해도 이곳에서 선화는 해
솔과 함께할 행복한 미래를 그리며 다른 일을 하자고 해솔을
설득하고 있었다. 헛웃음이 나왔다. 반년 뒤에 그 생각이 물거
품처럼 부질없게 사라질 줄은 상상도 하지 못했다.

해솔이 깨어난 뒤에도 선화는 한 달 동안 해솔을 보러 병
원에 갔다. 할 수 있는 데까지, 마음이 다 할 때까지 하고 싶
었다. 후회를 남기고 싶지 않았다. 그 과정에서 선화는 자신
의 사랑을 확인하게 됐다. 6년간 함께 울고 웃었던 기억들. 위

안이 되었던 해솔의 다정한 마음들. 해솔과 나눈 시간이 전부 거짓은 아니었다. 분명 해솔을 미워하고 자신이 분노해야 할 상황인데 그렇게 되지 않았다. 몸도 마음도 다친 해솔이 안쓰럽기만 했다. 민재와 해솔은 살아 돌아왔지만 다른 동료 한 명은 영영 돌아오지 못했다.

"무겁지? 미안."

휠체어에 앉아 있는 해솔이 돌아보지 않고 말했다. 예전에도 해솔이 다쳤을 때, 이 정도는 하나도 안 무거워, 라며 씩씩하게 휠체어를 밀던 선화였다. 말없이 휠체어를 밀던 선화는 해솔의 뒤통수를 보면서 우뚝 멈춰 섰다.

"그래, 힘들어. 너 너무 무거워."

"……."

선화가 숨죽여 우는 동안 해솔은 선화의 일그러진 얼굴을 볼 수 없었다. 볼 수 없지만 보이는 것처럼 선명했다.

"나 이제 무거우니까, 이제 네 힘으로 걸어."

선화가 훌쩍였다. 해솔이 손으로 휠체어 바퀴를 스스로 밀며 한 바퀴를 크게 돌아 선화를 바라봤다. 해솔은 얼굴 절반을 둘렀던 붕대를 풀고 왼쪽 이마와 관자놀이에 큰 거즈를 붙이고 있었다. 선화의 얼굴은 눈물 때문에 화장이 얼룩져 있었다. 해솔이 손을 뻗어 선화의 눈가를 닦아 줬다.

"울지 마."

"가. 너 벌 받을 거야."

선화가 울음을 삼키며 말했다. 해솔과 선화는 말없이 서로를 바라봤다. 해솔이 휠체어를 밀어 선화 앞에 다가가 두 팔을 뻗었다. 선화가 허리를 숙여 해솔을 안았다. 마지막 포옹이었다. 선화는 할 수 있는 것을 전부 했다. 후회는 없었다. 두 사람은 끌어안고 조용히 울었다.

"벌 받을 거란 말, 취소할게."

"그래."

"그래도 축복은 못 해 주겠어. 조금만 행복해. 아프지 말고."

"응."

두 사람은 함께 눈물 흘리며 말갛게 웃었다.

35

"나는 대용품이었던 거야?"

모든 이야기를 들은 승주는 상처받은 표정으로 도담을 바라봤다.

"그런 거 아니야."

"근데 어떻게 기다렸다는 듯이 그래. 도담 씨 이렇게 무서운 사람이었어?"

승주의 목소리가 떨렸다. 도담은 승주의 얼굴을 빤히 바라봤다. '쿨하게'가 원칙이던 냉소 클럽의 승주는 어디로 사라졌나. 이전에 연인의 외도를 모르는 척 눈 감으려 했던 승주, 비난하지도 붙잡지도 않고 그대로 연인과 헤어졌던 승주가 이번에는 그러지 않으려고 애썼다. 하지만 이번에는 도담도 역시 달랐다. 누군가를 속이지도, 자기 자신을 속이지도 않고 오직 진실하기로 했다.

"미안해. 변명하지 않을게."

"사랑에 빠진 거야?"

도담은 고개를 저었다. 이제 해솔에 대한 도담의 마음은 연애 감정으로 사랑에 빠지는 깃과는 딜랐다. 오히려 할머니의 사랑과 비슷할 것이다. 살날이 얼마 남지 않은 사람이 하는 사랑처럼 한 사람을 세상에서 가장 안쓰럽게 여기는 마음. 이건 한때 끓고 식는 종류의 마음이 아니다. 남들이 뭐라고 부르든 상관없다. 도담은 그 어느 때보다 맑은 정신으로 다짐했다. 영원히 살 것처럼이 아니라, 살날이 얼마 남지 않은 것처럼 해솔을 사랑하겠다고. 두 사람에게 어떤 고난이 닥쳐도 해솔과 다시는 헤어지지 않겠다고.

"난 빠진 게 아니라 사랑하기로 내가 선택한 거야."

승주는 한동안 말문이 막힌 채 도담의 확고한 표정을 바라봤다.

"나는 왜 아닌 거야?"

"……."

"나 너 사랑해."

승주가 도담의 손을 절박하게 붙잡았다.

"내가 정말 잘할게. 네가 이런 식으로 떠나면, 나는 다시는 아무도 좋아하지 못할 거야. 나한테 이렇게까지 잔인할 필요는 없잖아."

삶이 반복된다는 불안은 도담이 잘 아는 감정이었다. 승주가 내내 불안하게 생각해 오던 일이 기어이 찾아와 현실이 되었다는 점에서, 도담은 승주에게 동질감과 연민을 느꼈다. 한편으론 화를 내고 애절하게 붙잡는 승주의 반응을 보니 다행이라고 여겨지기도 했다. 승주에게는 승주의 문제가 있었다. 도담은 조금 안심이 됐다.

"승주 씨와 보낸 시간들에 고마워. 승주 씨가 운명이니 팔자니 그런 식으로 생각하지 않았으면 좋겠어."

"그럴 수 있게 도담 씨가 도와줄 수는 없어?"

도담이 고개를 저었다.

"승주 씨는 괜찮을 거야."

도담은 마음이 향하는 곳이 확실한 사람의 표정을 하고 있었다. 승주는 그 단단한 얼굴에서 평소보다 눈부신 아름다움을 느꼈다. 자신과의 시간이 끝났음을 어쩔 수 없이 인정해야 했다. 승주는 후회의 눈물을 흘렸다. 사랑한다는 말을 자주 할 걸 그랬어. 함께한 시간이 얼마나 좋았는지 더 표현할 걸 그랬어. 승주는 자신이 이전에 상처받지 않은 것처럼 사랑할 수가 없기에, 자신이 사랑을 줄 수 없다는 걸 알기에 사랑을 요구하지도 않았다. 달리 보면 승주는 계산이 정확한 사람이었다.

그러나 안전거리를 둔다고 이별이 쓰리지 않은 것은 아니었다. 부정할 수 없는 것은 지금 자신에게 밀려드는 후회의 감정이었다. 승주는 자신의 계산이 틀렸음을 알았다. 문제는 거리가 아니었음을. 지금 승주는 그 누구도 사랑하지 못했다. 자기 자신조차도.

36

도담아, 누가 사랑이란 말을 발명했을까 궁금해했지.

매몰된 현장에서 눈이 감겨 오는데 그래도 다행이라고 생각했어. 기적적으로 너와 다시 만나서 너를 그리며 떠날 수 있어서.

그러다 내 이름을 부르는 네 목소리가 들리는 것 같았어. 환청이었겠지만, 절대 포기하지 말라고 네가 기도하는 소리가 들리는 것 같았어.

반드시 살아야 한다고 생각했어. 살겠다는 의지로, 널 다시 만나겠다는 의지로 그렇게 화염이 가득한 바닥을 필사적으로 기었어.

그때 생각했어. 누군가 죽기 전에 떠오르는 사람을 향해 느끼는 감정. 그 감정을 표현하기 위해 사랑이란 말을 발명한 것 같다고. 그 사람에게 한 단어로 할 수 있는 말을 위해 사랑한다는 말을 만든 것 같다고.

그때 깨달았어. 사랑한다는 말은 과거형은 힘이 없고 언제나 현재형이어야 한다는 걸.

37

1년 뒤, 2019년

해솔과 도담은 손을 맞잡고 함께 배에 올랐다. 두 사람을 태운 추모선은 창석의 바다장을 치렀던 21번 부표까지 나아갔다. 장례식 이후 한 번도 찾지 않았던 곳이다. 해솔은 두 다리로 건강하게 걸었다. 그간 도담은 해솔이 비틀거리고 넘어질 때마다 붙잡아 주며 재활을 도왔다. 여름 바다는 수면을 다림질한 것처럼 잔물결도 없이 평온했다. 잔잔하게 일렁이는 부표 주변으로 갈매기들이 끼룩대며 날아들었다.

추모선에는 저마다의 사연으로 바다에 유해를 뿌린 사람들이 타고 있었다. 갑판에서 해솔은 한 소녀와 눈이 마주쳤

다. 해솔이 빙긋 웃어 보였고 소녀도 수줍게 웃었다. 바닷바람
에 해솔의 앞머리가 날려 이마가 드러났다. 해솔의 이마에 화
상 흉터를 보고 소녀는 겁을 먹고 움츠리며 엄마 뒤로 피했
다. 해솔이 씁쓸하게 웃었다.

그 모습을 보고 도담이 해솔의 손을 잡았다. 거친 굳은살
에 더해 손에 생긴 화상 자국의 울퉁불퉁한 표면이 느껴졌
다. 해솔의 옆얼굴에 화상 흉터가 도드라져 보였다. 아름다운
얼굴에 흉터를 안고 살아가겠지만, 두 사람은 함께 있는 지금
모든 순간을 기적처럼 여기고 있었다. 해솔과 도담은 이 세상
에 존재하다가 사라지는 마지막 날까지 외롭지 않도록 서로
의 행복을 빌어 줄 사이였다. 함께 좋은 순간들을 만들어 갈
것이라는 기대가 두 사람에게는 있었다.

추모선에는 더러 우는 사람들이 있었다. 사람들은 그리운
사람의 이름을 애타게 부르며 통곡했다. 해솔과 도담은 하얀
국화 한 송이씩을 바다에 던졌다. 해솔은 창석이 좋아하던 막
걸리를 바다에 부어 줬다. 도담도 해솔에게 잔을 건네받아 바
다에 막걸리를 부었다. 창석의 뼛가루를 뿌렸을 때 회색 가루
가 포말에 뒤섞이던 것처럼, 막걸리가 바닷물에 혼탁하게 흩
어졌다.

오랜 시간 외면하고 회피했던 창석의 죽음을 받아들이고
나자 창석이 살아 있을 때 싸우던 것이 무엇이었는지 명확해

졌다. 죽음. 모든 가능성이 종료되고 더는 회복할 수 없는 것. 하나의 우주가 사라지게 삼켜 버리는 것. 창석은 그 무서운 것과 싸우던 사람이었다. 창석이 하던 일은 생명을 저 건너편으로 건너가지 않도록 맞서는 일이었다.

도담은 조용히 눈물을 흘렸다. 해솔이 도담의 어깨를 끌어안고 쓰다듬어 줬다. 추모선을 관리하는 장례지도사가 다가와서 도담에게 휴지를 건넸다.

"여기서는 실컷 우세요. 오늘만 우시고 집에 돌아가서는 우시면 안 돼요."

따스한 햇살이 바다를 금빛으로 물들이고 있었다. 순간 배가 파도에 한차례 출렁, 하고 크게 흔들렸다. 잔잔하던 바다에서 창석의 대답이 들려온 것만 같았다. 파도로 어지러이 출렁이는 가운데에도 수면 아래는 놀라울 만큼 평화롭다는 것을 도담은 알았다. 그 아래를 자유롭게 유영하는 창석을 떠올렸다. 도담은 울다 말고 미소 지었다. 창석의 목소리가 들리는 듯했다.

도담아, 오늘은 다이빙하기에 날이 딱 좋지?

"아빠."

도담은 그리워하며 소리 내어 불렀다. 창석에게 코를 파묻으면 바다 냄새가 났다. 창석의 큰 손에 얼굴을 부비고 싶었다.

그때 통곡 소리 가득하던 갑판에서 갑자기 날카로운 비명이 들렸다.

"사람 살려! 우리 애가 빠졌어요!"

조금 전 해솔과 눈이 마주친 뒤 숨었던 소녀의 엄마였다. 저만치에 바다에 빠진 소녀가 허우적거리고 있었다. 갑판에 몰려든 사람들이 어쩔 줄 모르고 발을 동동 굴렀다. 해솔과 도담이 서로를 바라봤다.

해솔이 재빠르게 배에 있는 구명환을 집어 들고 난간을 넘어 바다에 뛰어들었다.

도담은 그런 해솔의 모습에 잠시 놀랐다가, 자신도 구명환을 집어 들고 해솔을 따라 바다에 뛰어들었다.

바닷물은 정신이 번쩍 들게 시원했다. 물에 뛰어든 도담은 중력에 의해 아래로 잡아당겨졌다가 부력을 느끼며 수면으로 떠올랐다. 마치 창석이 아래에서 자신을 번쩍 들어올리는 것 같았다. 몸이 가벼웠다. 도담은 팔과 다리를 능숙하게 내저었다. 12년 만에 하는 수영이지만 잊지 않고 몸이 기억했다.

파도가 넘실거리는 수면을 두리번거리며 살폈지만 소녀는 보이지 않았다. 해솔과 도담은 소녀가 빠진 지점에서 잠수했다. 도담이 뿌연 바닷속에서 물 아래로 가라앉고 있는 소녀를 발견했다. 소녀의 저 아래편으로 끝없이 넓고 어두운 바다가 까마득히 펼쳐져 있었다. 무엇이 있을지 알 수 없는 공포에 소름이 끼쳤다. 역설적으로 심장이 쿵쿵거리며 살아 있음을 느꼈다. 도담은 용기를 내 소녀에게 헤엄쳐 내려갔다. 도담에게 있어서 타인에게 손을 내민다는 것은 무언가를 감수한다는 것을 의미했다. 손 내밀면 함께 빠지지 않을까. 언제부턴가 도담은 먼저 손 내밀지 않았다. 사람이 무언가를 기꺼이 감수하려는 마음이 기적처럼 느껴졌다. 도담이 손을 뻗어 소녀를 붙잡았다. 그리고 고개를 들어 수면의 일렁이는 빛을 향해 물 위로 올라왔다.

수면에 떠오른 도담이 구명환에 소녀를 태웠다. 소녀는 의식이 있고 상태도 괜찮았다. 추모선 위의 사람들이 환호하며 박수를 쳤다.

도담은 여유롭게 헤엄치며 웃었다. 자유롭다. 내가 얼마나 수영을 잘했던가. 수면에 나와 눈부신 햇살을 받으니 살아 숨 쉬는 그 자체로 좋았다. 지나간 과거에 얽매이지 않고, 있을지 모를 미래에 목매지도 않으면서 진정으로 살고 싶어졌다. 낙관도 비관도 하지 않고 하루하루를, 거센 물살을 헤엄치듯이.

"도담아! 최도담!"

해솔이 애타게 이름을 부르는 소리가 들렸다. 해솔은 수면을 두리번거리며 도담을 찾고 있었다. 넘실대는 파도에 가려져 도담이 보이지 않았다.

도담이 먼저 해솔을 찾았다. 걱정하며 자신을 찾고 있는 해솔의 얼굴에 마음이 일렁였다.

"해솔아! 이해솔! 나 여기 있어!"

도담이 애타게 해솔을 부르며 손을 흔들었다. 파도에 가려졌던 서로의 얼굴이 드러났다. 해솔이 소녀와 함께 있는 도담을 발견했다. 두 사람 사이를 너울거리는 파도에 서로의 얼굴이 보이다 말다 하며 어른거렸다. 도담은 해솔에게 가까이 가 닿고 싶었다. 그때 조류에 밀려나 두 사람이 멀어졌다. 둘은 물결을 가로질러 서로를 향해 헤엄치기 시작했다. 해솔과 도담은 손을 뻗어 서로의 손을 맞잡았다. 두 사람 앞에 파도가 일고 있었지만 그들은 수영하는 법을 알았다.

작가의 말

이번 소설을 세상에 내놓기까지 여러 도움을 받았습니다. 소설도 혼자 쓸 수 없다는 것을 배운 여정이었습니다.

소설에서 일어나는 사고들은 전부 허구로 창작한 것입니다. 해양장에 대해서는 KBS 「다큐멘터리 3일」 '바다로 가다-인천 해양장례식 72시간' 편을 참고했습니다. "오늘만 우시고 집에 가면 우시면 안 돼요."라는 대사는 다큐멘터리에서 장례지도사가 한 말을 인용했습니다. 소설에서 할머니가 부르는 노래는 백설희의 「봄날은 간다」입니다. 소방에서는 2020년부터 '요구조자'라는 용어를 '구조대상자'로 순화하여 사용하고 있지만 소설의 시대 배경을 고려하여 '요구조자'로 사용했습니다.

민음사 관계자분들, 추천사를 써 주신 백온유 작가님과 이옥섭 감독, 자문에 응해 준 지인호 소방관, 이야기를 쓰며 많은 대화를 나눈 친구들과 가족들, 모두의 도움에 진심으로 감사드립니다. 이 소설의 시작부터 끝까지 많은 독려를 해 준 친구 김미희에게 특별히 고마운 마음을 전합니다. 어머니, 사랑합니다.

글을 쓰는 동안 머물렀던 두 곳에 감사 인사를 하고 싶습니다. 소전서림의 지원과 그곳에서 만난 인연들 덕분에 긴 시간 힘든 이야기를 쓸 수 있었습니다. 원주 토지문화관의 지원으로 호랑지빠귀 울음소리를 들으며 소설을 쓰던 밤을 잊지 못할 것입니다.

한때는 어떤 기억들을 떠올리기만 해도 눈물이 흐르는 상태로 보냈습니다. 그리고 이 소설을 쓰는 오랜 시간 동안 계속 그 상태에 머물러야 했습니다. 이제는 이 글과 함께 떠나보내고 싶습니다. 도담과 해솔처럼 용기를 내 보겠습니다. 이제 이 이야기가 독자분들에게 가 닿기를 바랍니다.

2022년 12월

정대건

오늘의
젊은 작가
40

급류

정대건 장편소설

1판 1쇄 펴냄 2022년 12월 22일
1판 21쇄 펴냄 2025년 1월 9일

지은이 정대건
발행인 박근섭·박상준
펴낸곳 (주)**민음사**

출판등록 1966. 5. 19. 제16-490호
주소 서울시 강남구 도산대로1길 62(신사동)
강남출판문화센터 5층(06027)
대표전화 02-515-2000 | 팩시밀리 02-515-2007
홈페이지 www.minumsa.com

© 정대건, 2022. Printed in Seoul, Korea

ISBN 978-89-374-7340-1 (04810)
ISBN 978-89-374-7300-5 (세트)

당신이 소장해야 할 한국문학의 새로움, 오늘의 젊은 작가 시리즈